TRANSPARENCE

MARC DUGAIN

TRANSPARENCE

roman

GALLIMARD

« La vie est la somme totale des fonctions qui résistent à la mort. »

Xavier BICHAT

« Ne te fie jamais au vent qui gonfle tes voiles, il est toujours périmé. »

Samuel BECKETT,
Mercier et Camier

« Nous ne voyons pas le monde tel qu'il est mais tel que nous sommes. »

Anaïs NIN

Sur ma gauche, l'océan Atlantique écumait d'une rage bruyante et cette façon qu'il avait de heurter la falaise faisait penser à ces possédés en camisole qui se balancent contre les murs. La route serpentait en aplomb, somptueuse, dans un paysage vaste et dépeuplé. Elle conduisait vers la maison que j'avais fait construire sur cette côte où plus d'un siècle et demi auparavant un de mes ancêtres était venu mourir dans un petit hôpital. Autour de cette demeure, d'autres constructions discrètes s'étalaient, toutes occupées par des membres de notre communauté, douze hommes et femmes tenus par l'enthousiasme d'un projet secret. Nous vivions là ensemble depuis vingt-cinq ans, sur une large bande de terre qui avançait dans le fjord. Ce grand dessein avait transformé notre vie en sacerdoce et nous étions seuls à comprendre la nécessité de cette vie reculée.

J'ai repris le contrôle manuel de la voiture, une façon de me distraire, et j'ai conduit un bon moment. Mon automobile était une réplique fonctionnant à l'hydrogène de la Ford Mustang GT de Steve McQueen dans *Bullitt*. Un siècle plus tôt, elle avait ébloui les spectateurs en dévalant les rues abruptes de San Francisco, conduite par l'acteur pour lequel un véritable culte perdurait. Le film de Peter Yates suscitait une grande nostalgie chez les amateurs de cinéma en deux dimensions.

Déconnecter le pilote automatique était interdit et pouvait induire de graves sanctions pénales dans certains pays, mais l'Islande restait faiblement peuplée et relativement tolérante avec les passionnés de la conduite. Cette déconnexion complexe à effectuer n'avait pas résisté à l'expertise d'un de mes collaborateurs. Conduire moi-même sur certaines portions de route me donnait un sentiment de liberté unique. Il fallait pour cela au préalable neutraliser l'ordinateur de bord. La sensation de retrouver un peu de responsabilité était rare et précieuse, même si elle impliquait une part d'aléa intolérable dans une société du risque zéro.

Je me suis mise à accélérer pour passer les virages à la limite de l'adhérence sur fond de *Stairway to Heaven* de Led Zeppelin. Le crissement des pneus dans les longs lacets qui accompagnaient les courbes du fjord me procurait un plaisir puéril, et je l'assumais comme tel.

Les rares constructions disposées le long de la route la surplombaient généralement, mais notre village faisait exception à cette règle. Son chemin d'accès en terre bifurquait soudainement à droite en direction de la péninsule qui nous était réservée face à la mer.

Ma maison trônait sur cette avancée de plusieurs hectares. Elle était bâtie sur un terrain volcanique noir artificiellement arboré. La construction en bois et en verre consistait en d'énormes cubes transparents traversés par la lumière. Plusieurs de ces cubes reposaient les uns sur les autres en position de déséquilibre. Ils donnaient l'impression d'un effondrement imminent. Plus les cubes s'amoncelaient, plus ils rejoignaient la mer, créant un point de vue vertigineux. Il n'était pas rare que les visiteurs aient un mouvement de recul quand ils approchaient de l'immense baie vitrée qui donnait au-dessus de l'océan, à l'aplomb du petit cimetière où reposait la dépouille de mon ancêtre.

Ce jour-là n'était pas ordinaire. Définir le sentiment qui m'animait n'est pas simple. Je crois pouvoir affirmer que j'étais simplement submergée de bien-être, comme si la gravité s'abstenait de peser sur moi. De même qu'on oublie que l'on respire, j'avais déjà oublié que je ne respirais plus alors que je n'avais jamais été aussi vivante.

Une demi-heure plus tard, je devais donner le signal de l'assaut aux membres de ma communauté et aux collaborateurs qui nous assistaient. Ces derniers, pour des raisons de sécurité, n'avaient de notre entreprise qu'une vision partielle. Ce moment tant attendu par les douze initiés qui m'entouraient était celui d'une offensive sans précédent sur les marchés financiers suivie, si tout se passait selon mes plans, du basculement de l'humanité tout entière dans une ère nouvelle.

J'ai roulé cette demi-heure-là comme sous l'emprise d'un sentiment de contrôle absolu. Et puis je me suis mise à rire en pensant à tout ce que la bêtise avait pu produire jusqu'ici avant que l'intelligence ne prenne le dessus. Mon rire s'est transformé en fou rire au point que mon automobile s'est garée sur le côté, jugeant que nous n'étions plus aptes à poursuivre, prouvant ainsi qu'il était impossible à quiconque de déconnecter totalement l'intelligence artificielle.

Arrivée devant chez moi, je suis sortie de la voiture sur l'esplanade qui était battue par un vent permanent, mon chien est venu à ma rencontre comme il avait l'habitude de le faire. C'était un grand molosse jaune avec une mâchoire de la puissance d'un engin de levage. Au lieu de remuer la queue, il s'est fixé sur ses pattes et s'est mis à grogner, un grognement qui révélait une peur profonde, puis il a montré les crocs avant de s'éloigner en gémissant. Au son de ma voix il s'est adouci pour tracer des cercles autour de moi, oreilles basses, queue recourbée, l'air d'hésiter.

C'était l'heure à laquelle, d'ordinaire, une légère migraine se diffusait pour envelopper mon cerveau. Je l'ai attendue, elle n'est pas venue. C'était aussi l'heure à laquelle je me servais un verre, un minuscule verre de whisky tourbé. Cette habitude allait désormais disparaître. Comme ce soupir de fatigue qui accompagnait ma plongée dans le grand sofa blanc face à la baie vitrée. La mer s'était subitement assagie et, sans être tout à fait d'huile, elle n'entretenait plus qu'un léger clapotis en se balançant par d'amples mouvements semblables à la paisible respiration d'un homme endormi sur le dos. Au loin, le ciel et la mer peinaient à fusionner, laissant la ligne d'horizon apparente. Un bateau de taille moyenne, en route pour le Groenland, en suivait le fil alors que la pénombre tombait doucement sur les eaux vertes scintillantes.

L'offensive avait commencé simultanément sur les grandes places financières du monde. New York, Pékin, Tokyo, Londres, essentiellement. L'ordre fut donné de vendre à terme des titres pour plusieurs dizaines de milliards de dollars.

Une vente à terme consiste à céder aujourd'hui des titres qu'on n'achètera que le jour de leur livraison, à la fin du mois. Cet achat se produit au cours du jour. Si entre le jour de la vente et celui de l'achat le cours a baissé, il se dégage une plus-value, si l'inverse se produit, l'opération dégage une perte.

Entre la date de vente de ces titres et la date où nous étions tenus de les livrer, le dernier jour du mois, la Bourse allait s'effondrer, nous en faisions le pari. Cet effondrement résulterait d'une seule information qui émanerait de nous. Les experts de mon entourage prévoyaient que des titres que nous venions de vendre 100 ne nous coûteraient pas plus que 5 à l'achat cinq jours plus tard.

Afin de passer inaperçus nous avons réparti la transaction

sur des dizaines de sociétés dans chaque secteur. Les secteurs ciblés étaient nombreux. Ils concernaient l'énergie, l'agriculture, l'alimentation, l'habillement, l'eau, le traitement des déchets, les entreprises de sanitaires, la médecine, la pharmacie, les pompes funèbres, la literie, l'armement et aussi il faut bien l'avouer tout l'habillement pour bébés et enfants, l'optique pour la vue, les appareils auditifs, soit, comme vous pouvez en juger, une partie importante de l'économie qui allait connaître près de cent quarante ans après la grande dépression de 1929 la crise boursière la pire de son histoire orchestrée par une modeste « start-up coopérative islandaise » appartenant à treize ingénieurs de différentes nationalités. Nous avions évidemment conscience de commettre un monumental délit d'initié mais nous avons fait le pari que personne n'aurait le courage de nous le reprocher. Pas même Google, que nous allions bientôt racheter, dans cinq jours exactement, c'était notre objectif, et je ne voyais pas ce qui pourrait nous en empêcher si l'on prenait en compte la masse de capitaux que nous allions mobiliser ce même jour suite à l'effondrement de ce que je nommerai « les marchés obsolètes », aussi obsolètes qu'avaient pu le devenir, avant eux, les chevaux, le charbon, et même le pétrole dont il ne subsistait désormais que des applications industrielles.

Notre vidéoconférence pour lancer l'opération, mes douze collaborateurs au sein de la société et moi, seule dans mon immense bâtisse transparente, fut de très courte durée. Il arrive parfois dans l'existence d'être confronté à des moments d'intensité rare, comme si le sentiment même de cette existence se révélait unique, au-dessus de tout ce qui avait pu être vécu avant ou qui le serait plus tard, immense point d'orgue justifiant à lui seul notre passage sur terre. Mes amis étaient au faîte de leur vie et je pouvais le lire sur chacun des visages qui, malgré la distance créée par l'écran, avançait vers moi.

J'ai ressenti une grande tristesse à l'idée qu'Elfar ne soit pas à mes côtés pour vivre ce moment exceptionnel que j'aurais voulu partager avec lui. Mais il était parti depuis une quinzaine de jours surveiller un volcan, non pas en Islande où nous n'en manquons pas, mais sur la ceinture de feu du Pacifique, en Indonésie plus précisément. Dans sa correspondance, réduite à sa plus simple expression dans les courriers électroniques secs et factuels qu'il m'envoyait, il m'avait confié que l'éruption de ce volcan sonnerait sans aucun doute la fin de l'humanité. La lave venue des profondeurs submergerait le vivant comme un mauvais joueur lassé de perdre retourne violemment la table de jeu.

La passion des volcans avait saisi Elfar dès son plus jeune âge, une passion exclusive qui laissait peu de place à d'autres centres d'intérêt. Les volcans d'Islande, son pays, étaient bien sûr sa priorité mais avec mon aide il avait réussi à fonder et à développer la seule société au monde capable, sur la base de milliards de données recueillies, de modéliser l'activité de ces géants fulminants avec un degré de certitude élevé.

Depuis que nous avions été frappés par la disparition de notre enfant unique, Elfar passait d'un continent à l'autre, surveillant en permanence des dizaines de cratères fumants, comme l'aurait fait une cantinière d'école de plusieurs casseroles de lait sur le feu.

De la maison, en regardant vers l'ouest, on pouvait apercevoir le cratère d'un volcan assoupi. Son éruption, selon les algorithmes utilisés par Elfar, devait surgir prochainement, dans quarante ou cinquante ans, et il était probable que la lave déroulerait son tapis de mort incandescente jusqu'à notre maison qu'elle emporterait en bas de la falaise avant de se refroidir dans l'océan. Sa dernière éruption datait de la fin du XXe siècle et s'était étendue sur un périmètre de plusieurs dizaines de kilomètres qui avaient depuis progressivement repris vie sans laisser de traces tangibles du drame. Ma décision d'entreprendre la construction de la propriété était antérieure à la création de l'entreprise d'Elfar qui avait permis d'établir bien plus tard cette projection tout aussi précise que funeste. À cette époque, notre espérance de vie ne risquait pas de nous conduire jusque-là. En regardant le volcan à travers la baie vitrée, je le voyais me défier de sa haute taille faite de roche sombre faussement inerte. J'ai pensé alors que tout ce qui est mort ne demande qu'à vivre, alors que tout ce qui vit est conduit à mourir, et que c'était bien cette constatation qui avait porté mes travaux depuis plusieurs décennies.

Je souffrais moins de l'absence d'Elfar quand il était loin que de la distance qu'il instaurait entre nous lorsqu'il était à mes côtés. Il lui arrivait de déserter le lit conjugal en pleine nuit, car l'insomnie s'était installée en maître dans l'organisme de ce géant qui se laissait pousser le ventre depuis plusieurs années. Sa barbe se mêlait à son torse poilu et sa tête dans la pénombre des nuits d'été ressemblait à la proue d'un drakkar déchirant la brume. Une fois sa masse levée, il enfilait sa robe de chambre qu'il laissait ouverte sur le devant et il déambulait ainsi, sa proéminence en avant, de pièce en pièce. Il lui arrivait de revenir à l'aube et de se laisser tomber sur le lit en soupirant. Les fois où nous faisions l'amour étaient aussi rares qu'elles étaient improbables et chacun rejoignait ensuite son côté sans mot dire, essoufflés et appliqués à réprimer le bruit inconvenant de cette anomalie. Immanquablement je lui demandais : « Ça va Elfar ? » Il inspirait alors profondément et me répondait : « Ça va, ma belle. » Ensuite il se levait et buvait deux ou trois bières pour se rafraîchir. Il lui arrivait de rester des heures assis dans un sofa, face à la mer, quand l'aube dévoilait ses amples mouvements. Longtemps nous avions été complices. Nous nous comprenions sans parler, nous voguions bord à bord dans la même direction, et ceux qui nous ont connus à cette époque-là ont certainement parié que rien ne pourrait nous séparer. D'ailleurs rien ne nous a séparés, nos liens se sont simplement distendus sous l'effet de notre culpabilité. Il avait la sienne, j'avais la mienne, mais nous ne les confrontions jamais de peur de briser irréversiblement notre relation. J'ai appris en consultant ses relevés GPS, une façon un peu mesquine de l'espionner, qu'à plusieurs reprises il avait pris des risques inconsidérés lors de ses missions, s'approchant du cratère de plusieurs volcans au bord de l'éruption alors que rien ne l'y obligeait, ni la science, ni même la curiosité, comme s'il cherchait gratuitement le danger. Nous n'avons jamais beaucoup fait l'amour, je crois pouvoir affirmer que ces plaisirs-là n'étaient pas notre priorité et pour être sincère j'ai l'intuition que notre désir se logeait ailleurs que dans le corps de l'autre, dans des fantasmes très personnels et peu convergents. Alors que j'avais les moyens de tout savoir sur lui, je ne me suis jamais permis de pénétrer dans son intimité par effraction comme il m'était facile de le faire. Même au début de notre relation, nous n'avons jamais connu la ferveur commune aux jeunes couples. D'aucuns parleraient de communion des esprits, je ne crois pas qu'il s'agissait de cela, nous étions simplement rassurants l'un pour l'autre. Je l'appelais « mon gros ours islandais » et lui m'appelait « ma petite musaraigne française ». Longtemps, ne parlant pas l'islandais ni lui le français, nous avons échangé en anglais de façon souvent imprécise, et puis nous avons décidé d'apprendre nos langues respectives. Il n'est jamais parvenu à prononcer le français convenablement mais, avec le temps, son vocabulaire est devenu de plus en plus précis. Nous aurions pu vivre sans connaître la langue de l'autre, la technologie nous fournissant à travers un minuscule émetteur-récepteur un traducteur simultané, mais j'ai toujours refusé cette facilité tout comme mon arrière-grand-père avait refusé l'intrusion du poste de télévision dans sa maison.

J'appréhendais son retour, je craignais que la distance entre nous ne se soit creusée, qu'il ne sombre un peu plus dans l'indifférence. Lorsqu'il parlait, Elfar le faisait toujours avec ironie et distance. La perte prématurée de sa mère, disparue dans son enfance sans laisser de trace, et le mutisme de son père qui s'ensuivit n'y étaient évidemment pas étrangers. Cet air de sidération qui était souvent le sien tenait à la répétition de l'histoire.

Le lendemain matin lorsque deux policiers se sont présentés chez moi, j'ai vu à leur visage que le ciel s'était effondré sur leurs têtes. Je les connaissais tous les deux, pas intimement, mais assez pour mesurer qu'ils étaient bouleversés. Le plus gradé était un homme dans la quarantaine, le visage prématurément vieilli par l'alcool. De très beaux cheveux blonds détonnaient dans cet air de destruction lisible sur ses yeux bleu délavé et l'enchevêtrement de rides profondes qui les entourait. Son second était une femme aussi brune que son chef était blond, des yeux turquoise au-dessus d'un nez long et fin. Sa petite taille la poussait à relever la tête avec un air impertinent, suspicieux, même si elle n'était ni l'un ni l'autre. La bienveillance que je leur connaissais avait disparu, chassée par l'effroi. Ils sont entrés comme des automates, les yeux vides. Je les ai fait asseoir. Le chef a hésité, craignant pour le canapé blanc, ou alors pensait-il que ce qu'il avait à me dire devait l'être debout. J'en ai déduit que leur démarche était empreinte de solennité et j'ai tout de suite pensé qu'ils venaient m'annoncer une nouvelle attendue depuis longtemps. J'ai pris les devants, directe :

— Le corps de notre fils a été retrouvé, n'est-ce pas ?

J'ai vu avant qu'il ne me réponde que j'étais bien loin de ce qui l'avait motivé à venir. Il a lentement balancé la tête de gauche à droite en signe de dénégation. Il s'est contenté de soupirer pendant que son adjointe fixait le bout de ses pieds, n'osant pas regarder la mer qui s'agitait à nouveau en arrière-plan, gesticulation inutile au moment où l'un comme l'autre aurait souhaité que l'image se fixe. Puis rien n'est venu. Un moment j'ai cru qu'ils allaient se mettre à pleurer. Et il s'est mis à neiger. La première neige d'automne. Les flocons tombaient comme des feuilles mortes, indécis, mais personne n'était d'humeur à en parler. Un court silence s'installa entre nous avant que je ne me décide à le rompre.

— Alors dites-moi !

Le policier scrutait mon visage comme si quelque chose lui paraissait anormal. Puis il a finalement tiré sur sa chemise.

— Je suis très ennuyé de vous dire cela madame, mais des témoins vous ont vue pousser quelqu'un du haut des chutes de Gullfoss.

Pour ceux qui ne connaîtraient pas les chutes de Gullfoss, c'est un lieu comparable aux chutes d'Iguaçu, aux confins du Brésil, de l'Argentine et du Paraguay, ou aux chutes du Niagara. Pour m'être rendue aux trois, Gullfoss est celui qui est le plus empreint de violence naturelle. On croirait que la gigantesque masse d'eau qui s'achemine tranquillement vers la cascade est soudainement aspirée par les entrailles de la terre avant que ce bouillonnement soit restitué dans le cours d'une rivière où elle s'apaise, à peine remise de sa terrifiante chute.

Le policier a poursuivi d'une toute petite voix :

— Reconnaissez-vous les faits ?

Un soulagement a parcouru son visage, celui de la mission accomplie.

— Vous dites qu'on m'a vue pousser cette femme. Qui est « on » ?

Le policier s'est frotté les yeux.

— Un couple d'ornithologues.

— Qu'est-ce qu'ils faisaient là ?

— Ils sont chargés de réintroduire des bécasses dans les zones de tourbe.

Sa collègue a trouvé là une occasion de parler.

— Les bécasses si nombreuses autrefois en Islande avaient complètement disparu. Mais à partir de l'ADN de l'une d'entre elles, ils ont été capables d'en refaire vivre des milliers. Les deux ornithologues venaient d'en lâcher et ils observaient le comportement des volatiles avec une caméra pour comprendre ce qui leur restait d'instinct lorsque votre voiture est apparue dans leur champ de vision. Ils vous ont vue vous arrêter. Vous êtes descendue de la voiture alors qu'une femme en a fait de même côté passager. Elle avait apparemment la même corpulence que vous. Ils vous ont observées marcher ensemble comme deux amies jusqu'aux chutes. Ils ont mentionné que votre conversation semblait pacifique et que lorsque vous avez poussé cette femme, très doucement, elle n'a fait apparemment aucune difficulté. Selon leur propre expression, elle s'est laissée tomber.

— Elle s'est laissée tomber ou je l'ai poussée ?

— Les deux témoins sont formels, vous l'avez poussée, mais très doucement et elle n'a rien fait pour se retenir.

— Comme si elle était consentante.

— Oui, en tout cas elle ne s'est pas révoltée.

— Comme si ce saut était convenu entre nous ?

— Il en avait tout l'air. Avez-vous quelque chose à déclarer ?

Je me suis levée et j'ai appuyé mon front contre la baie vitrée. Puis je me suis retournée d'un coup, leur faisant face, et j'ai lâché, lentement :

— Je crois que vous n'êtes ni l'un ni l'autre préparés à entendre ce que j'ai à vous révéler. Mais je ne peux rien vous dire avant cinq jours. Pourquoi ne reviendriez-vous pas une fois ce délai passé ?

Les deux policiers se sont concertés du regard, le sourcil haut.

— C'est que nous avons assez d'éléments pour vous arrêter, pourquoi devrions-nous attendre cinq jours ? a dit le chef sur un ton désolé.

— Parce que je n'ai rien fait d'autre que d'aider cette femme à mourir à sa demande. Assister quelqu'un dans sa volonté de mourir c'est une forme d'euthanasie, pas de meurtre.

— Parce que cette femme était condamnée médicalement ? a demandé la jeune policière en se levant d'un bond comme si elle cherchait à chasser de mauvaises pensées de son esprit.

— D'une certaine façon... je ne vous demande que cinq jours et vous aurez toutes les explications que vous voudrez. En fait, je savais que ce couple d'ornithologues m'observait. Je savais qu'il devait se trouver là à ce moment-là car j'avais besoin de témoins.

— Comment pouviez-vous le savoir ?

— J'ai attiré l'attention de longue date sur la nécessité qu'il y avait à repeupler cet espace autrefois dévolu aux bécasses. Il y a à peine une cinquantaine d'années, il était impossible de faire trois pas dans la tourbe sans en soulever une, puis le climat s'est transformé. Pour ne rien vous cacher, j'ai investi beaucoup d'argent dans la résurrection de cette espèce à partir de son code génétique que j'ai fait améliorer pour complaire à son nouvel environnement. Le travail de vos témoins, c'est moi qui le finance. Dans cinq jours vous saurez tout, si vous voulez bien patienter jusque-là. En attendant, je ne crois pas présenter un danger pour le reste de la société, sauf si vous pensez le contraire.

Le policier s'est levé à son tour, signe que nous approchions de la fin de l'entretien.

— Peut-être pourriez-vous me donner l'identité de la personne disparue. Nous n'avons pas retrouvé son corps. Il est probable qu'il ait été emporté très loin en aval et qu'on ne le découvre pas avant plusieurs jours.

— C'est justement le délai que je vous demande. Je veux bien vous donner son identité si j'ai votre parole que vous ne poserez plus la moindre question d'ici à lundi prochain, date à laquelle je serai à votre disposition et à disposition de la justice.

Le chef a opiné en me scrutant.

— La victime s'appelle Cassandre Lanmordottir.

Les deux policiers se sont regardés. Je n'avais jamais lu une telle peur dans le regard d'une personne et là ils étaient deux, le visage subitement exsangue. Auraient-ils fait face au diable lui-même qu'ils n'auraient pas eu l'air plus désemparés, plus effrayés, car il faut expliquer à ce stade de l'histoire que ni l'un ni l'autre n'avait jamais été confronté à une affaire criminelle. Si la pulsion de mort existait à l'évidence chez les habitants de la région comme partout ailleurs dans le monde, les données le prouvaient, elle se traduisait rarement en crime, en tout cas pas au cours des deux dernières décennies, mais elle donnait régulièrement lieu à des suicides. Quelle que soit la raison profonde de leur désespoir, les habitants de la région ne s'en prenaient qu'à eux-mêmes. Le taux de personnes se donnant la mort était comparable à celui de la Scandinavie en général et n'était dépassé que par les jeunes de la principale ville du Groenland, Nuuk. Les suicides s'y expliquaient par une perte générale du sens de l'existence selon certaines études mais surtout par un profond ennui, comme si rien ne parvenait à distraire ces adolescents. Certains travaux montraient que les fictions virtuelles dans lesquelles ils passaient leurs journées faute de travail ne parvenaient plus à solliciter leur imaginaire et qu'au lieu de les faire voyager, elles les enfermaient un peu plus dans le doute de leur utilité face à la vaste nature qui les entourait.

Après avoir prononcé mon propre nom, je m'attendais à d'autres questions des deux policiers mais visiblement ils n'y tenaient pas. Ils renonçaient, ce cas dépassait leur entendement et par chance ils avaient cinq jours pour prendre du recul. Après la découverte du crime, une première pour eux, celui-ci s'était transformé en euthanasie probable, ce qui aurait dû être de nature à les apaiser si la suspecte n'avait prétendu être également la victime. En quittant la maison et son architecture transparente si particulière, peut-être avaient-ils l'espoir de retrouver cette rationalité qui structurait normalement leur existence et celle de cette communauté tranquille dont ils avaient la charge. Ils ne savaient pas grand-chose de moi, ni de ma société Endless qu'ils avaient considérée, depuis ses débuts, à l'instar des autres habitants de la région, comme une entreprise phare, moderne, secrète et réputée pour consommer énormément d'énergie renouvelable. J'ai pu lire dans leurs derniers regards que s'ils ne m'avaient pas jugée jusqu'ici, j'avais clairement basculé à leurs yeux dans un monde qu'ils voulaient ignorer.

— Ne laissez pas votre imagination vous manger le cerveau, ne vous obstinez pas à savoir pour le moment, l'obsession est mauvaise conseillère, elle déforme volontiers la réalité de son sujet pour mieux s'en nourrir, non, dites-vous simplement que lundi prochain tout vous paraîtra limpide.

C'est ce que je me suis permis de leur dire quand ils ont franchi le seuil de la maison pour rejoindre leur voiture.

Mon chien jaune a profité de l'ouverture de porte pour entrer dans la maison de cette démarche souple qui était la sienne, légèrement bondissante. Il s'est installé à son tour devant la baie vitrée de l'entrée qui donnait sur l'océan et il s'est mis à gémir. Quelque chose le gênait, l'indisposait. Il m'a regardée, s'est levé et s'est approché de moi. Il m'a reniflé en gardant ses distances, il a soupiré, et puis il s'en est allé vagabonder dans les autres pièces de notre maison.

Je me suis souvenu des moments passés avec l'architecte islandais au début du projet de construction de l'édifice, à lui expliquer que je voulais un assemblage de cubes en verre dans une instabilité apparente qui fasse craindre qu'à tout moment la maison pourrait basculer dans la mer. Je gagnais alors déjà beaucoup d'argent avec ma première société, une société d'un genre particulier.

J'avais un peu plus de vingt ans lorsque j'ai réalisé que les unions amoureuses entre les individus reposaient sur des bases souvent tronquées et en tout cas imprécises, cause de leur échec ultérieur. Le jour sous lequel une personne se présente à une autre est altéré par l'image qu'elle veut donner, soit parce qu'elle se connaît trop bien et qu'elle cherche à mettre le meilleur d'elle-même en avant, soit tout simplement parce qu'elle ne se connaît pas. La méconnaissance de soi a été favorisée par la société industrielle. Perdu en lui-même, l'individu pouvait plus facilement se raccrocher à ses mirages.

J'avais appelé ma première société « Transparence ». Elle permettait, préalablement à toute union, d'obtenir une foule d'informations sur son futur partenaire touchant aussi bien à sa psychologie, à son profil génétique et à sa sexualité. Il en ressortait une multitude de courbes, de graphiques, de prévisions sur l'évolution sociale et mentale de la cible accompagnés d'une synthèse très précise qui évaluait la probabilité que ce profil s'accorde avec celui du demandeur. Dans 91 % des cas nos clients suivaient nos recommandations de poursuivre ou pas dans leur relation. Observés sur plus d'une vingtaine d'années, les couples formés sur nos recommandations ont tenu à 95 %, résultat honorable à comparer aux deux divorces sur trois mariages constatés dans les zones urbaines au début des années 2020. Les gens ont très vite réalisé qu'ils pouvaient s'éviter les affres de la séduction, ce jeu de rôle totalement faussé qui donnait lieu à nombre de comportements inappropriés. Sans sortir de chez soi, il était possible d'être mis en relation avec la personne qui vous convenait le mieux physiquement, mentalement, moralement, qui partageait vos intérêts et vos passions. Finis les rejets, finies les désillusions, il existait forcément sur la planète un homme ou une femme parfaitement adapté à ce que vous étiez, sans aucun risque de mauvaise surprise.

Transparence a été créée dans le mouvement de la révolution numérique qui consistait à collecter des milliards d'informations sur les individus afin d'approcher la connaissance absolue du sujet. Le corollaire de cette masse de connaissances était de réduire le champ des probabilités au profit de la certitude et de diminuer tous les risques susceptibles de menacer l'individu ou de simplement créer chez lui une quelconque anxiété.

À partir des années 2020, le processus de création, de collecte et de traitement de données est devenu l'obsession principale de la société dans son ensemble et chacun a fini par y trouver son compte. Le sujet, en émettant des données, créait de la valeur car ces données pouvaient être utilisées, revendues, brutes ou raffinées. Le reversement d'une partie de cette valeur aux intéressés a changé radicalement les rapports économiques même si certains pourront arguer que le partage entre les sociétés du numérique et les fournisseurs de données était déséquilibré. Ce partage s'est fait selon les règles du marché, règles imparfaites mais seules à réunir, jusque-là, un relatif consensus. Les fournisseurs de données ont rapidement réalisé que se soumettre à une investigation permanente ouvrait un champ très vaste de connaissance de soi-même, à tous les niveaux et sur le plan médical en particulier. L'absorption de n'importe quelle nourriture créait une information sur la réaction de votre métabolisme à celle-ci, impossible de monter un escalier sans en mesurer les conséquences sur la pression artérielle, sur le niveau d'ouverture des alvéoles pulmonaires, ou sur la transformation de sucres par le foie. Un nombre considérable d'alarmes, semblables à celles d'une automobile, vous informait à travers un appareil personnel portatif que passé une certaine durée, un rapport sexuel multipliait par trois vos risques d'accident cardiaque, facteur aggravé par certaines positions qui sollicitaient plus l'organisme que d'autres. Les phénomènes physiologiques n'étaient pas les seuls observés. La psychologie de chaque individu était minutieusement suivie et scrutée jusque dans la moindre de ses réactions au travail ou à son entourage. Au final il était possible de suivre au jour le jour toutes les interactions entre votre alimentation, la qualité de l'air que vous respiriez, votre résistance au stress, votre frustration affective et sexuelle et votre état de santé. De là, un algorithme calculait votre espérance de vie qui se traduisait en un chiffre sur un cadran, le croisement de milliers d'informations sur votre génétique et votre comportement quotidien associées aux probabilités d'accidents divers. Se servir tous les jours d'une tronçonneuse aussi bien que l'habitude de soirées bien arrosées pouvaient dégrader significativement votre chiffre et conduire à une hausse sensible de vos primes d'assurance mais une chose était certaine, il était désormais impossible de se référer aux apparences de l'aléatoire qui avaient guidé de nombreuses générations.

Les individus étaient tous notés par les géants du numérique en fonction de leur niveau de connexion. Le chiffre 10 n'était attribué qu'à celui qui renonçait à toute intimité et acceptait de dévoiler chaque seconde de son existence par voie de puces, de sondes, d'électrodes, de caméras miniaturisées lesquelles enregistraient chaque mouvement, chaque action, chaque battement de cils pour le transformer en information utile. De nombreux moyens de surveillance collective s'ajoutaient à la collecte de données comme les caméras placées dans tous les lieux publics et capables d'identifier tout individu à tout moment. Une puce placée sous la peau récapitulait les principales informations sur l'individu, son identité, son numéro d'assuré social, ses assurances complémentaires, son historique de santé, mais aussi son casier judiciaire. Les informations collectées n'étaient en théorie accessibles qu'à certaines autorités mais l'idée de transparence faisant son chemin, le concept d'informations réservées disparut progressivement.

S'ouvrir à une investigation permanente permettait d'être rémunéré en contrepartie, mais beaucoup d'autres avantages y étaient associés comme la prévention des risques médicaux, évidemment, mais surtout l'accès constant aux informations sur soi-même ouvrait à des réductions considérables sur le prix des assurances. L'homme transparent bénéficiait d'un revenu minimum confortable associé à des dépenses minorées, sans parler d'un accroissement considérable de la gratuité apparente de nombreux services car l'individu ne voulait plus rien payer directement et il était prêt à tout sacrifier pour cette prétendue gratuité. Des ressources supplémentaires étaient allouées à ceux qui, au-delà du champ de surveillance générale, acceptaient de se soumettre à des expériences particulières permettant de tester des produits de consommation ou de santé. Un nouveau produit alimentaire avait-il des conséquences sur le transit intestinal du sujet ? Un nouveau médicament était-il en mesure de remédier à ces conséquences ? Ce genre d'expérience permettait d'accroître le marché pharmaceutique à la mesure de la croissance de celui de l'alimentation et il en résultait un bénéfice pour tout le monde. Quelles raisons autres qu'idéologiques auraient pu conduire à trouver ce système critiquable ?

Transparence a été créée sur l'idée que l'individu ne peut échapper à ce qu'il est et que toute personne doit être en mesure de tout savoir sur son interlocuteur, qu'il s'agisse de raisons sentimentales, mais aussi de raisons professionnelles. Très vite nous avons été sollicités pour accompagner les recrutements, les embauches.

La confusion entre *l'être* et *l'avoir* nous a confrontés au cours des années à des individus qui *avaient* de plus en plus tout en *étant* de moins en moins, ce qui n'a pas facilité nos travaux car il était, compte tenu du lissage des personnalités, difficile de connaître réellement celui qui existait derrière celui qui possédait. Être pour avoir sans rien faire est devenu le triptyque de la révolution numérique qui a succédé sans difficulté au fameux travail-famille-patrie ou liberté-égalité-fraternité. Aboutissement logique d'une société qui, par la mécanisation puis la robotisation, visait à abolir le travail. Les concepteurs et les investisseurs continuaient à travailler pour créer de nouvelles sources de revenus dans un espace économique clos où ce qui était donné à l'un était repris par l'autre quelque part, dans un jeu à somme nulle présenté artificiellement comme la croissance. Ils représentaient une classe à part, l'élite, encore plus fortunée que les élites qui l'avaient précédée, distincte d'une foule assignée à un espace réduit et à une impulsivité toujours plus grande.

Apprendre à connaître quelqu'un représentait une perte de temps et un risque qui allaient chacun diamétralement à l'opposé de la société de l'impatience et du risque zéro que nous avons tous souhaitée plus ou moins consciemment. Le marché de l'emploi, malgré sa décroissance globale, s'en est trouvé incroyablement facilité par une capacité nouvelle à faire correspondre l'offre individuelle à la demande.

Au début de la révolution numérique, les précurseurs avaient remarqué le besoin croissant des gens à être nommés, remarqués, à exister en tant qu'expression d'une opinion, à faire valoir leur point de vue individuel comme indispensable à la collectivité, une façon d'exister dans la masse connectée. Cet état de fait a conduit à un exhibitionnisme de civilisation qui a favorisé la transparence totale de l'individu par la disparition progressive de la vie privée, de l'intériorité, au profit d'une fluidité des rapports sociaux dont le mensonge, la dissimulation ont été progressivement exclus au profit de l'expression et de la représentation permanentes.

« Le présent n'est rien d'autre que des milliers de données, d'informations que vous émettez sur vous-même et nous seuls sommes à même de les ordonner, de les traiter, de les assembler dans une configuration utile. Remettez-nous votre présent et nous vous le restituerons sous forme de futur ! » disait l'argumentaire commercial de Transparence. La société numérique a généré une telle masse d'informations disponibles qu'il en a résulté pour les individus une désinformation personnelle créée par l'abondance et l'incapacité de chacun à exercer un esprit critique sur cet ensemble mis à sa disposition. C'est là qu'est né le pouvoir de firmes comme la nôtre.

Car cette société, à aucun moment nous ne l'avons conçue comme un outil de la pensée, de la pensée critique en particulier neutralisée par l'injonction permanente à la connexion, à la production de données, une injonction de consommer et donc de produire indéfiniment mais à partir de ressources limitées, et quand il n'a plus été possible de produire des objets réels nous sommes passés au virtuel. Or il était déjà trop tard pour notre environnement.

J'ai rencontré Elfar par hasard, un hasard qui aujourd'hui serait considéré comme une folie.

Je ne prétends pas que désespérée de solitude affective et sexuelle comme je l'étais, je n'aurais pas fini par utiliser la méthode « transparence », mais je me suis laissé un temps pour que la chance, cette notion démodée, me fasse rencontrer un homme. Une attitude totalement « vintage », j'en conviens, comparable à celle de rouler en voiture du siècle dernier.

Ce colosse m'est apparu la première fois dans le meilleur restaurant de Reykjavik. J'y dînais seule lorsque, venant de l'extérieur où il neigeait lourdement, il s'est installé au bar, comme le ferait un habitué. J'ai senti que le rapide coup d'œil jeté autour de lui avant de s'asseoir sur un des hauts tabourets avait ralenti à ma hauteur, mais pas au point de s'y arrêter. Puis il m'a ignorée, se plongeant dans la carte tout en discutant avec la serveuse, beauté remarquable qui ne l'intéressait visiblement pas car à aucun moment il n'a suivi ses mouvements. Il ne s'est plus retourné. Il a sorti un livre, un de ces vieux livres de poche à la couverture abîmée, mais ne lisant pas l'islandais à cette époque, je n'ai pu en découvrir le titre. Un peu plus tard j'ai su qu'il s'agissait d'un écrivain allemand, Sebald, prématurément disparu au tout début du siècle alors qu'il était au volant de sa voiture, victime d'un accident cardiaque. Le livre s'intitulait *Austerlitz*, titre trompeur car il n'y était question nulle part des guerres napoléoniennes et encore moins du triomphe du tyran dans les plaines du sud de la Moravie mais de l'histoire de la quête d'un homme, lancé sur les traces de son passé, Jacques Austerlitz, sauvé in extremis de la déportation par sa mère lorsqu'il avait quatre ans.

J'ai fantasmé sur son dos, large, évasé. Son visage m'est apparu furtivement, des traits réguliers, deux iris bleus rehaussés par les rougeurs du froid. Mon repas terminé, je me suis levée et je suis sortie lentement, ralentissant mon mouvement à sa hauteur dans l'espoir qu'il se retourne. Mais il n'en a rien été, il s'est contenté de lever son verre à ses lèvres pour aspirer une gorgée de bière tout en continuant à lire, ébloui par le soleil d'Austerlitz. Je suis ensuite revenue tous les soirs, dans l'espoir de le revoir. J'étais installée dans un hôtel à la semaine, tout près de là, en attendant de trouver le lieu idéal pour implanter ma société. La taille du projet et l'importance des fonds qui y étaient investis m'obligeaient à m'entourer de certaines garanties concernant les risques sismiques et volcaniques. C'est ainsi qu'après m'être désespérée de ne pas avoir revu l'homme qui me plaisait dans mon restaurant de prédilection, il m'a été présenté un matin lors d'une réunion de travail sur les risques naturels associés à la localisation retenue pour notre implantation. La réunion se déroulait dans les locaux de l'Office islandais de volcanologie, un organisme public dont Elfar était l'un des trois scientifiques majeurs. L'Office donnait sur le port de Reykjavik et je me souviens d'une matinée lumineuse, sereine. Sans doute la brise légère et froide venue du nord qui maintenait des hautes pressions que je n'avais connues jusqu'ici qu'en Californie lors de mon passage chez Google. Ce sentiment de bien-être invincible, je l'avais ressenti à plusieurs reprises dans la Silicon Valley, même si la qualité de l'air y était dramatiquement plus dégradée.

Je recherchais deux sites, l'un très vaste, pour accueillir mes entreprises et y faire vivre leurs contributeurs, l'autre pour y construire ma maison. J'en faisais une condition préalable, je voulais que cette dernière soit située au-dessus de la tombe de mon arrière-grand-père.

Elfar m'a regardée comme s'il ne m'avait jamais remarquée avant. Ses collègues lui ont longuement fait part de mes préoccupations. Il a réfléchi avant de déclarer de sa voix grave, profonde, qu'en l'état de ses connaissances, la probabilité que le site soit menacé dans un terme proche était infinitésimale. Il a rappelé qu'une vingtaine d'années plus tôt, face au réchauffement climatique, une multinationale de l'alcool avait envisagé d'y planter des vignes avant de renoncer devant cette terre désespérément noire. Puis il a bâillé avant de sourire pour s'excuser. J'ai espéré un regard, une indication de son intérêt pour moi en dehors des raisons professionnelles qui nous réunissaient, mais ses yeux se sont vidés, signe qu'il était retourné à ses méditations.

Je suis revenue les soirs suivants dans mon restaurant préféré, seule à ma table, et presque chaque soir je me convainquais d'oublier les promesses qu'avait fait naître sa rencontre, je n'étais visiblement pas en ligne avec ses intérêts ni avec ses désirs. Il ne m'aurait pas été difficile de savoir pourquoi si je l'avais voulu. Il m'aurait suffi de faire analyser par Transparence les données accumulées sur lui, et de les modéliser rapidement pour savoir ce qui n'accrochait pas entre nous, mais peut-être était-il simplement déjà pris, marié, avec des enfants. J'ai été tentée de mettre en branle la récupération, le traitement et l'analyse des données le concernant, ce que ma société avait déjà fait pour des millions de personnes, mais cette perspective me déplaisait. Je voulais que notre relation puisse éclore à l'ancienne, si elle le devait, expression de ce romantisme que ma forte implication dans le numérique n'est jamais parvenue à éteindre. Dans mes rêves, je le voyais comme un prince scandinave, un de ces Vikings dont il était établi maintenant que venus du Groenland, ils avaient découvert l'Amérique du Nord les premiers, avant d'en repartir sous la pression de l'hostilité des populations indigènes. Je ne voulais acquérir aucune certitude sur lui, mais laisser faire les choses. Mes sentiments à son égard grandissaient chaque jour, nourris par l'être supposé que j'avais construit à partir de ce dos, de cette grande carcasse rassurante, de ces yeux, des rougeurs de son teint, de sa barbe qui recouvrait sa bouche comme si elle lui interdisait de mentir. Plus je le construisais dans mes rêves, plus je l'aimais, d'un amour adolescent qui me rappelait mes premiers émois à l'âge où l'amour et ses perspectives investissent chaque fibre d'une femme. Cette sublimation de l'objet de son désir qui caractérise le romantisme, je l'assumais pleinement et j'en étais heureuse, mais j'étais très curieuse de savoir si cette divagation entretenue pourrait se fondre dans la réalité. C'est alors qu'il a déboulé dans le restaurant au milieu de la soirée, un nouveau livre à la main, toujours du même auteur. Au moment de s'asseoir il a eu ce même rapide coup d'œil visant à sécuriser son environnement comme nous le faisons tous lorsque nous entrons dans un lieu où des inconnus sont assemblés.

En croisant mon regard, Elfar s'est arrêté de scruter la salle, et il a eu pour moi le sourire embarrassé de celui qui se préparait à un moment de solitude mérité mais qui se sent obligé de faire un effort. Il s'est approché de ma table et m'a saluée du haut de ses deux mètres, s'avançant pour me serrer la main. Je l'ai engagé à s'asseoir, ce qu'il a fait après une hésitation. Il m'a fixée un court moment. Ensuite, son regard n'a fait que me fuir, cherchant une issue comme s'il avait senti où je voulais en venir. J'ai évidemment engagé la conversation sur la volcanologie, sujet présumé l'intéresser, si ce n'est le passionner. Il s'agissait bien d'une passion, exclusive au sens où elle avait rempli son existence en ne laissant jusque-là de place à aucune vie familiale. Sa passion dépassait le seul domaine de la science, elle irriguait son goût pour l'art. Il photographiait, peignait des éruptions dont il se plaisait à reproduire l'extraordinaire panel de couleurs. Si, selon lui, la dernière grande apocalypse qui avait éradiqué la plupart des espèces de la surface de la Terre une soixantaine de millions d'années en arrière était venue du ciel, sous la forme d'une météorite heurtant notre sphère dans les eaux du golfe du Mexique, il lui paraissait probable que la prochaine conjonction funeste pour les espèces vivantes se forme sous nos pieds, ici en Islande ou ailleurs en Asie. Il me détailla le long processus mortel qui nous attendait si l'un des grands volcans venait à exploser. Ses gaz envahiraient progressivement l'espace pour créer un voile de plus en plus épais qui finirait par nous priver de soleil et nous plonger dans l'obscurité et le froid pendant de longues décennies. Les espèces vivantes s'éteindraient les unes après les autres, piégées dans un environnement végétal flétri, fané, désormais incapable de les nourrir, si toutefois leur extinction n'était pas intervenue avant par simple asphyxie, la quantité d'oxygène nécessaire à l'existence des espèces vivantes ayant reculé devant l'invasion du soufre dans notre atmosphère. Ce cataclysme venu des entrailles de la Terre, cette boule de feu éruptive était selon lui un scénario des plus probables. Il mettrait fin à une évolution amorcée soixante-cinq millions d'années plus tôt et qui avait conduit incidemment à l'avènement de cette conscience qui travaillait elle-même, avec une ardeur surprenante depuis quelques décennies, à sa propre destruction. La vie reviendrait sans doute à nouveau, pour déboucher peut-être un jour lointain sur une nouvelle forme de conscience.

Il se révéla charmant et, une fois lancé sur ses sujets de prédilection, plus loquace qu'on n'aurait pu le présumer en observant ses deux yeux ronds aussi rapprochés qu'ils étaient bleus, aussi troublants dans son visage qui indiquait une fragile bonhomie. Je l'ai laissé parler, les bières successives l'y ont aidé et l'heure avançant nous avons fini par nous décider à dîner. Je suis restée évasive sur mon projet, me contentant d'en définir les contours c'est-à-dire le développement de formes extrêmement sophistiquées de traitement des données, et je lui ai aussitôt vanté l'intérêt que sa science pourrait y trouver en accroissant considérablement les sources de ses connaissances par le traitement de milliards d'informations liées à tous les volcans recensés et le traitement en instantané de celles-ci. Je lui ai laissé miroiter la possibilité de lui affecter les moyens de ma société pour l'aider dans cette direction. Il y a été sensible mais ce n'est pas ce qui l'a décidé à approfondir sa relation avec moi. Je me connais assez bien pour pouvoir évaluer d'une façon relativement objective ce qui peut me rendre attractive pour un homme. Mon physique seul n'aurait pas suffi pour attirer Elfar. Un homme aussi solitaire que lui avait besoin de raisons plus fortes pour faire de la place à une femme. Elle devait avoir une personnalité autonome, peu invasive, lui laissant un grand espace de réflexion et de divagation. Cette femme devait être capable de lui donner le change, de nourrir le débat à sa hauteur mais aussi de respecter son silence dont les phases étaient liées à ses humeurs, elles-mêmes dépendantes de son anxiété. J'ai remarqué que cette anxiété était nourrie par sa réflexion métaphysique, par la conscience de la mort comme négation de tout ce qui a précédé, ce qui était le prétexte chez lui à une grande humilité alternant avec des bouffées d'arrogance liées à la hauteur de sa conscience. Elfar concevait l'humain comme un être éminemment social, fortement conditionné tout autant qu'en proie à ses instincts reptiliens, jouissant d'une aptitude particulière pour la servilité, confondant volontiers individualisme et liberté. Notre première conversation approfondie a porté sur le sujet de la violence contenue par l'homme, qui se traduisait à intervalles réguliers par des crimes de masse. Il l'expliquait par la difficulté de l'être humain à loger dans un cerveau de quelques centaines de centimètres cubes la réalité de l'espace infini qui l'entoure. Sauf à appeler Dieu cet infini, terme suffisamment réducteur pour l'y faire entrer, l'homme n'avait pas la force d'élever son esprit à la hauteur des mystères de l'Univers, au contraire même, il s'acharnait à réduire l'étendue de sa réflexion.

Mon implication dans le numérique l'a d'abord gêné. Il avait une façon très particulière de le juger. Selon lui le numérique avait créé deux sortes d'individus, les individus du livre multiple qui ne lisaient plus, et les individus du livre unique, qui lisaient toujours le même texte, clôture d'un champ de réflexion limité, tous deux réunis par l'ignorance et l'absence de sens critique.

Quand je lui ai évoqué mon parcours professionnel, il m'a regardée avec méfiance comme il l'aurait fait si je lui avais révélé souffrir d'une maladie contagieuse. Il méprisait la société de la transparence et de la surveillance, son exhibitionnisme, son voyeurisme, cette exaltation puérile de l'individu conditionné à n'être qu'un émetteur de données commercialisables et d'opinions frelatées par la surinformation. Il m'a fallu lui dévoiler un peu de mes projets pour le retenir puis nous avons coupé court, il n'était plus question de jugement mais juste de savoir si nous étions prêts l'un et l'autre à prendre le risque d'aller plus loin, de dépasser nos différences, sans oublier ce que disait André Gide à propos des couples sur ce qui frotte un peu au début et finit par être vraiment douloureux à la fin. Je crois très humblement qu'il a trouvé chez moi la force qui lui manquait, celle de la conviction conquérante *versus* celle du repli sceptique, plus proche de son caractère. Mais je crois qu'à aucun moment il n'a mesuré qui j'étais et qui j'allais devenir et à quel prix pour nous deux. Vingt-cinq ans plus tard, en repensant à cette première soirée, je suis convaincue qu'elle nous aurait finalement séparés à jamais si nous n'avions évoqué Jackson Pollock. Il faisait à propos de l'œuvre du peintre un parallèle saisissant avec la lumière que traîne encore une étoile des millions d'années après sa mort. Nous partagions cette émotion devant son œuvre et je crois bien que c'est elle qui a décidé de nous réunir. Nous avons longtemps devisé, comme le faisaient beaucoup de gens à l'époque, sur la fin de la postérité. La menace qui pesait sur la nature concernait aussi l'art, forme supérieure de notre expression. Cet art dont Edward Hopper disait qu'il n'était que la nature passée à l'alambic de l'expérience humaine. Prétexte pour Pollock d'affirmer en retour, sans modestie : « Je suis la nature. » Ni l'art ni la science n'allait survivre aux forces de la destruction, de la cupidité, chacun en avait conscience. L'espèce humaine avait frôlé une première extinction avec le conflit mondial du siècle précédent. De 1914 à 1945, les hommes s'étaient jetés dans la guerre totale, la boucherie, l'extermination, éblouis par la modernité de leur armement, et s'ils en avaient réchappé, c'est uniquement parce que les nazis n'avaient pas eu la bombe atomique les premiers. Nous avons clos notre recherche d'affinités en parlant de littérature. Que mon père ait été un écrivain considéré en son temps, totalement oublié depuis, n'a pas pour autant déjoué sa curiosité. Il a manifesté sincèrement l'envie de le lire, mais je l'en ai dissuadé, jugeant que les traductions automatiques du français vers l'islandais risquaient de dénaturer son travail. Ses goûts littéraires, ce que j'en ai compris ce soir-là dans les vapeurs d'alcool, se résumaient à son attirance pour « l'ironie de l'absurde », formule que j'avais déjà entendue chez mon père qui disait que Kafka et Beckett étaient les deux écrivains qui l'avaient dissuadé de prétendre être un jour quelqu'un en littérature.

Nous avons fini la soirée dans ma chambre d'hôtel passablement ivres comme peuvent l'être deux timides qui se préparent à se dévoiler. Ce corps massif, impressionnant, s'est révélé souple, presque léger et tendre au point de me donner très vite le sentiment de lui être indispensable. Son ventre qui s'avançait, conquérant, est devenu rapidement excessivement excitant, je dis excessivement parce que le seul fait de le caresser pouvait me conduire à un orgasme solitaire pour ne pas dire égoïste.

Nous touchions à la connaissance absolue. L'individu avec son terminal unique ne savait plus rien par lui-même, que des bribes d'information happées ici ou là. Il ne savait plus se situer dans l'histoire et dans l'espace où de nuit comme de jour, sans GPS, il ne pouvait se diriger. Nul ne lui avait appris à se situer par rapport au soleil ou aux étoiles. À l'école, on lui enseignait à synthétiser par lui-même le minimum de connaissances pour éviter de l'ennuyer – l'ennui, cet adversaire redoutable qu'il combattait en se livrant corps et âme à son terminal qui le distrayait indéfiniment par des informations en temps réel, des vidéos, des commentaires, du réel fictionnalisé, de la fiction réaliste. Au final, sa possibilité de tout savoir l'éloignait de toute construction intellectuelle et culturelle minutieuse, lui évitant le fardeau d'avoir à penser le monde dans lequel il vivait au prétexte d'avoir peu de moyens pour le faire. Mais par malheur, ce manque de connaissance structurée faisait de l'individu un expert en toute chose et en rien, le persuadant de la validité de ses opinions, conforté par cet accès universel au savoir qui s'accompagnait d'une inaptitude fonctionnelle à construire une pensée objective, la vérité n'existant désormais plus par elle-même.

Après le départ des deux policiers, seule dans cette maison battue par un vent insistant, j'ai pris conscience que j'allais vivre au quotidien un allongement considérable du temps. Il n'était plus question de manger ni de dormir, ce qui signifiait que j'allais doubler mon temps disponible. Je voulais en profiter pour écrire, même si désormais très peu de gens lisaient.

La grande parenthèse de l'écrit avait duré à peu près six mille ans avant de se refermer sur le pragmatisme de l'insouciance et de la vacuité. L'écrit existait toujours, mais il n'était plus qu'une traduction instantanée de la parole ou même, dans certains cas, de la pensée. Poussés par cette impatience chronique qui explique une grande partie de nos avancées technologiques, nous avons fait en sorte de ne plus avoir à écrire, d'abord parce que cela prend plus de temps que parler et qu'ensuite cela requiert un minimum de notions d'orthographe qui se sont évaporées tranquillement au cours du siècle dernier au point de rendre les écrits d'une grande partie de la population totalement phonétiques. Au lieu d'y remédier par un meilleur apprentissage des règles de l'écriture nous avons préféré prendre le chemin le plus court, celui qui demande le moindre effort, qui réduit notre impatience, le chemin technologique. Dès lors écrire est devenu désuet. Les textos comme les mails étaient parlés et directement traduits en écriture. Dans le sens contraire, il était loisible à chacun d'entendre ce qui était écrit pour éviter l'effort de la lecture.

Mais l'écrit n'avait pas disparu, il était plutôt réservé à une élite isolée qui cultivait jalousement, avec soin, son obsolescence. Et puis, toujours dans cette même logique de préserver l'individu de tout effort, l'oral a cédé devant la transmission directe de la pensée à une machine. Convertir une pensée en langage exprimé nécessite un effort dont la grande majorité des individus se voyaient bien s'affranchir. Au moyen d'une connexion simple avec une machine, il est devenu possible de transmettre par écrit ses pensées. Nous en sommes aujourd'hui au stade où nous essayons de communiquer de pensée à pensée sans intercession ni de l'oral ni de l'écrit mais on ne sait pas encore gérer distinctement le flux des bonnes et des mauvaises pensées, ce qui complique considérablement cette avancée technologique.

Enfant, je me souviens de mon père me lisant le *Roman de Renart* le soir avant de m'endormir. Un jour il m'a expliqué que la désignation d'une histoire comme roman venait de l'époque du Moyen Âge, quand certains auteurs se sont mis à écrire dans la langue commune, celle du peuple, le roman. Pour les écrits, l'élite se réservait le latin, la langue des clercs. On a visiblement longtemps écrit le latin alors qu'on ne le parlait quasiment plus. Ces derniers temps, les médias ont remarqué un regain d'intérêt pour la lecture de romans. Il semblerait qu'une partie, certes encore infime, de la population se lasse de toutes les fictions qui lui sont présentées par les grands diffuseurs et leurs plate-formes. Ces films, ces séries, étant tous élaborés à partir de données recueillies sur les goûts du public, relèvent d'une démarche scientifique et commerciale de connaissance des aspirations du spectateur très précise qui, une nouvelle fois, ne laisse aucune place à l'incertitude. On ne peut plus être déçu par un jeu vidéo, ni par une série. C'est ainsi que certains ont eu l'idée de revenir au roman aléatoire qui n'a pas été écrit en fonction des attentes du public telles qu'elles sont recensées. Nombre de ces romans sont décevants, c'est le risque, leur sujet passant complètement à côté de l'intérêt du lecteur, mais d'autres ressuscitent miraculeusement le roman comme œuvre d'art, au sens de l'intimité qui se crée entre deux personnes qui ne se connaissent pas. Cette magie improbable, des hommes et des femmes sont de plus en plus nombreux à vouloir l'expérimenter au hasard d'une lecture quand soudainement ce qui est écrit formalise magnifiquement ce que le lecteur ressent mais qu'il n'a jamais été capable d'exprimer et qu'un inconnu a traduit en mots selon un désordre poétique.

Je suis venue au bureau très tôt le matin pour y accueillir mes collaborateurs. Contrairement à mon chien, tous les systèmes m'ont reconnue et j'ai franchi les portes et les barrières menant au cœur du dispositif sans la moindre résistance. Les bâtiments étaient construits en étoile et faits de matériaux durables dont l'empreinte carbone avait été minime. Pour cela nous avions importé du bois de France, où j'avais quelques plantations, et du métal recyclé, pour l'essentiel du matériel militaire rendu obsolète par les nouvelles technologies qui échouait dans des décharges disséminées un peu partout en Europe.

J'avais porté une attention toute particulière au dispositif de sécurité pour que personne ne puisse nous espionner depuis l'extérieur comme de l'intérieur. Notre réseau interne avait été conçu pour qu'il soit impossible de s'y connecter sans y avoir été invité. La seule chose que je pouvais redouter était évidemment la défaillance humaine, la trahison. Un collaborateur pouvait être tenté, pour de grosses sommes d'argent, d'opérer au profit d'une force concurrente comme

Google. Mais plus le temps a passé, plus il est devenu clair qu'une telle défection serait dramatique pour lui car elle le condamnerait à son exclusion du projet, à sa propre mort, sans, je le précise, que nous en portions la responsabilité directe. Chaque collaborateur de ce projet phare avait accepté de se soumettre à une surveillance tatillonne sous la forme d'une connexion et d'un traitement permanent, par Transparence, de ses données émises, ce qui nous permettait d'appréhender rapidement les changements d'humeur, les pensées noires ou négatives. Ma seule crainte était celle de pulsions suicidaires. Pas en tant que telles mais parce qu'elles témoignaient d'une perte d'instinct de conservation qui signifiait que nous n'avions plus aucune prise sur l'individu, lequel pouvait choisir de tout révéler avant d'en finir. Il était convenu dans notre accord d'entreprise que si de telles pulsions étaient détectées, le sujet accepterait de se soumettre à un traitement par psychotropes. Le cas ne s'est jamais présenté. Les perspectives de notre entreprise étaient plus fortes que les contraintes liées à notre isolement, que les longs hivers obscurs et enneigés même si nous pouvions observer qu'ils l'étaient de moins en moins. Je craignais que l'un des nôtres ne soit enlevé par un concurrent ou par des services secrets vexés de notre impénétrabilité. Nous avons tout fait pour ne pas attirer leur attention. Officiellement, le site développait le programme de Transparence, sans autre application susceptible de les intéresser. Mais je savais que s'ils s'intéressaient de trop près à notre société, il serait impossible de résister durablement à leur curiosité. J'avais d'ailleurs signé le document confidentiel entre les services de renseignement américains et les entreprises de la sphère numérique sur le partage des données. Ils avaient défini dans un premier temps une typologie de profils, des militaires, des policiers, des politiciens, des mafieux, de grands industriels, des terroristes présumés, etc., sur lesquels nous leur communiquions toutes les informations disponibles. Nous leur fournissions d'autres données synthétiques sur des mouvements qui concernaient cette fois non pas des individualités mais la masse des individus, les fluctuations d'opinion. Ces analyses étaient devenues d'autant plus importantes que désormais la démocratie avait franchi une étape. Le citoyen américain, comme le citoyen européen, s'exprimait sur tout, à partir de son terminal qui lui permettait de voter en permanence sur une grande variété de sujets, ce qui donnait l'illusion d'un pouvoir populaire, sachant que les moyens mis en œuvre pour manipuler cette opinion dépassaient considérablement ceux dédiés à l'éduquer, à la former. L'individu avait ainsi le sentiment de participer directement à chaque décision concernant la vie de sa cité ou de son pays. Le phénomène majoritaire battait son plein, tandis que les autres pouvoirs, ceux des médias, de la politique et du renseignement, convergeaient pour donner de l'importance à certaines informations destinées à influencer les votes.

Jamais dans l'histoire de l'humanité nous n'avions connu aussi peu de morts violentes, mais il suffisait d'en mettre quelques-unes en valeur pour donner à chaque citoyen le sentiment que la violence était la règle et non pas l'exception. Ce qui avait permis de renforcer le contrôle des individus en instituant le programme de prévention des infractions qui consistait à empêcher les délinquants de passer à l'acte. Ils étaient identifiés par leurs conditions de vie économique, qui pouvaient les conduire à enfreindre la loi, ou parce que leurs antécédents psychologiques et les conséquences qui en résultaient sur le plan politique ou religieux pouvaient les amener à transgresser les règles. Des populations entières avaient ainsi fait l'objet d'une surveillance particulière afin d'anticiper ce moment où un individu bascule de la légalité dans l'illégalité. Non seulement ces personnes étaient obligatoirement pucées mais elles devaient respecter un certain niveau de connexion, y compris la sonorisation de leur lieu d'habitation ou de leur téléphone. Le traitement de leurs dialogues et de leurs comportements par nos algorithmes permettait de détecter le risque de passage à l'acte.

Un procès célèbre avait fait la une de l'actualité lorsqu'une personne plutôt démunie et atteinte de syndromes psychologiques sévères s'était retournée contre le dispositif de surveillance en l'assignant en responsabilité. Elle considérait que la société était lourdement responsable de ne pas avoir été capable de détecter l'imminence du passage à l'acte qui l'avait conduite à exécuter six personnes de son entourage immédiat.

Les individus qui voyaient leur surveillance renforcée, du fait qu'ils multipliaient les sources de connexion et donc la production de données, étaient rémunérés pour un montant qui leur permettait de dépasser significativement le seuil de pauvreté, raison pour laquelle la loi instituant la surveillance renforcée avait été votée majoritairement par les internautes qui la jugeaient équitable malgré l'indignation de grandes consciences qui menaient un combat perdu d'avance.

La révolution numérique a conduit à peu de dictatures, mais elle a vu éclore des démocraties autoritaires élues par des internautes manipulés sans conscience de l'être.

Des oligarchies économiques en profitaient habilement en faisant respecter l'ordre, leur ordre. À côté des élus, il était d'usage de placer des figures tutélaires incontestables. La présence d'une parodie de pouvoir intemporel aux côtés des prévaricateurs soumis à leurs propres règles de succession apportait une véritable stabilité politique. En réhabilitant le tsar sous les traits d'un pope orthodoxe, figure de charité et d'abnégation, la Russie par exemple avait rassuré sa classe dirigeante, mélange d'hommes d'affaires véreux et d'officiers du renseignement cupides, en la dégageant de toute contrainte morale.

Google et les autres grandes entreprises du numérique sont devenues dans les années 2030 une sorte d'État transversal, nulle part assujetties à l'impôt ni à une loi autre que la leur, ces entreprises ayant obtenu leur extraterritorialité en se logeant dans des territoires indépendants. À la tête d'un État, le leur, elles pilotaient également les autres États et les maintenaient à flot en les subventionnant, en leur fournissant des informations cruciales sur les individus, leur permettant de maintenir sur leurs populations un contrôle effectif compliqué par la surpopulation et les flux migratoires, principalement en Europe, continent aux portes d'une Afrique débordant de pauvreté à laquelle une trentaine d'années ont été nécessaires pour rétablir ses équilibres minés depuis des siècles par la colonisation, le néocolonialisme et sa corruption endémique. Les migrations asiatiques venues de Chine et d'Inde, deux pays à la démographie saturée, ont certainement contribué à accélérer le processus de stabilisation de ce riche continent dévasté.

La révolution numérique, par rapport aux révolutions industrielles, a la particularité d'être une révolution sans fin car au-delà de la technologie, elle promet un homme nouveau, moins défaillant. Après avoir causé un chômage considérable, près d'un tiers de la population dans certaines zones, elle a, par la rémunération des données, permis d'instaurer une sorte de revenu universel qui a créé une forte dépendance des nations envers les géants du net.

Mais ce que ni les gens ordinaires ni les commentateurs n'ont vraiment saisi au tournant de cette révolution c'est que les individus moteurs de ce bouleversement voulaient tuer Dieu une bonne fois pour toutes. Les religions sont revenues en force au début du siècle, particulièrement violemment si l'on se souvient de la façon dont un certain islam a créé des foyers insurrectionnels face au modèle mondial dont nous étions les promoteurs. Exit les vieilles idéologies du xxe siècle effondrées avec le mur de Berlin, exit l'idéal égalitariste par répartition des ressources à une époque où la concentration de celles-ci s'est accélérée entre les mains d'entrepreneurs géants et de groupes mafieux qui se greffaient sur cette richesse.

D'autres mouvements de violence ont émergé lorsqu'il est apparu évident que notre espèce courait à son extinction après avoir épuisé la planète par sa cupidité alliée à son cynisme. La population mondiale, malgré une forte stérilité masculine, n'en finissait pas de croître, mouvement encouragé par les hommes politiques, béats devant ce grossissement des masses. Les pays pauvres voyaient dans les enfants leur seule richesse, les pays riches voyaient dans la multiplication de ces derniers l'assurance que quelqu'un paye les retraites des vieux, de plus en plus vieux. Les pauvres devenant moins pauvres ont adopté les aspirations des classes moyennes occidentales à consommer toujours plus jusqu'à l'épuisement de la planète, terrassée par cette course à l'extraction, à la transformation, à l'accumulation et au gâchis. La petite sphère de quelque quarante mille kilomètres de circonférence s'est trouvée envahie de fourmis auxquelles on avait essentiellement appris que leur bonheur passait par la surexploitation de ressources limitées. Cette obsession, les libertariens convaincus de la suprématie de l'individu, et de ses besoins insatiables, sur les grands équilibres naturels l'ont encouragée. Ils étaient persuadés que la réponse à cette catastrophe était encore l'émergence de nouveaux marchés et donc de nouvelles opportunités de s'enrichir indéfiniment. Au final, la civilisation n'était plus que l'avatar morbide de notre esprit reptilien et la morgue avec laquelle les puissants conduisaient les masses au naufrage provoqua une réaction violente de la part de certains qui, regroupés, commirent plusieurs assassinats d'individus identifiés comme des prédateurs remarquables. Les enfants nés à partir des années 2020 ont vécu ce qu'on a analysé rétrospectivement comme un effondrement des perspectives et cette génération peu cultivée, comme le sont les générations de la révolution numérique, a connu des soubresauts de conscience, mal structurés et parfois maladroits, qui ont donné lieu à des flambées de violence apparemment irrationnelles.

Exemple parmi d'autres, il apparut à cette époque que le chant des oiseaux avait pratiquement disparu de la surface de la Terre. Des milliers de races d'oiseaux s'étaient éteintes progressivement, couvrant d'un silence mortuaire les aubes enchanteresses, silence aussitôt comblé par le bruit des bétonneuses, des marteaux-piqueurs, des excavateurs, des grues de chantier, dans un tonnerre métallique quotidien au service de la construction, baromètre de la santé économique des nations et de ce qui s'ensuit, la croissance en général et l'emploi en particulier, cet emploi source de toutes les justifications. Les oiseaux mouraient des tombereaux de produits chimiques déversés sur les prés, dans un vaste holocauste de matières organiques et d'insectes. Les oiseaux s'éteignaient aussi faute de place pour s'ébattre et se reproduire. La Bible, les humanistes avaient consacré l'intangibilité de la primauté de l'homme, de sa vie, de son confort sur toute autre espèce. Les États-Unis furent les premiers à traduire cela dans les faits en instituant, dans les années 1970, un texte de loi qui les autorisait à déclarer légitimement la guerre à toute nation qui par son action menacerait leur niveau de vie. Aucune guerre ne fut nécessaire pour éliminer les oiseaux. Les protéger, comme protéger toutes les autres espèces vivantes, menaçait notre confort et nous en avons, dans le secret, tiré toutes les conséquences en les éliminant de la surface de ce globe devenu progressivement notre terrain de jeu exclusif.

Il n'était pas plus question qu'avant de changer de modèle économique car il obéissait à une logique échappant à toute rationalité. Il n'était depuis longtemps plus question de satisfaire des besoins mais d'en créer à l'infini, dans une prédation de l'immédiat qui ne faisait aucun cas des générations futures. Chacun espérait que la technologie nous sauve d'un naufrage annoncé. La conscience, comme expérience unique dans l'Univers, s'avérait un échec ayant conduit non seulement à sa propre destruction mais aussi à celle de la plupart des autres espèces vivantes. Les actions menées pour changer de modèle de production d'énergie, sans changer de modèle de croissance, conduisirent à des expériences anecdotiques. Partout plus nombreux, les hommes vivaient l'obsession de leur mobilité comme remède à une autre de leurs obsessions, l'impatience. Aller où l'on veut quand on le veut était une promesse du progrès faite aux classes moyennes de la terre entière et il fallait la tenir coûte que coûte. Une centaine de milliers d'avions croisaient dans le ciel chaque jour pour permettre à des milliards de passagers de mieux connaître le monde que leur propre environnement. Toutes les grandes villes de la mondialisation heureuse, pillées de leur authenticité par les grandes marques, offraient les mêmes produits d'un bout à l'autre de la planète, auxquels s'ajoutaient quelques timides spécificités exécutées à bas prix en Asie ou en Inde. Les lieux historiques ou encore naturels étaient balisés pour permettre à des milliards d'individus de s'y photographier.

« Le flot des emmerdés », comme le nommait Beckett, promenait sa frénétique vacuité de lieu en lieu, ne sachant trop ce qu'il recherchait ni ce qu'il fuyait.

Alors qu'on annonçait la recrudescence de tensions raciales suite aux vagues d'immigration successives dues aux guerres locales, à la spoliation et au réchauffement climatique, celles-ci ont été tempérées par l'extraordinaire sophistication de la surveillance des individus qui obligeait à un minimum de civisme et de respect de l'autre pour survivre. Chacun a été doté d'un système de points assez semblable à celui en vigueur à l'époque où un permis était nécessaire pour conduire une voiture. Au-delà des infractions pénales réprimées, le manque de civisme, de respect à l'égard d'autrui donnait lieu à une comptabilité précise aux répercussions significatives en termes de mobilité, d'accès aux espaces collectifs, et de perception des aides publiques. Une forme d'achat des indulgences s'est pratiquée pour ne pas isoler les individus et leur permettre de récupérer assez de points pour mener une vie normale.

Cette promiscuité s'est intensifiée avec la multiplication des êtres. À l'exemple des mormons qui ne vivent que pour se multiplier, les êtres se sont mis à se reproduire frénétiquement à l'annonce du cataclysme à venir, comme si des pulsions de survie poussaient les individus dans une forme d'incontinence reproductive. La montée des mers sur tous les continents n'a fait qu'aggraver cette tendance à la concentration humaine. L'humanité se repliait vers l'intérieur. Le bord de mer autrefois si prisé était déserté. Au début des années 2020, la prise de conscience sérieuse des dommages que nous avions causés au climat avait amené les plus grands scientifiques à considérer que le réchauffement inexorable de la planète allait conduire la mer à monter de plusieurs mètres avant la fin du siècle. Depuis ces prévisions, des villes côtières ont reculé, d'autres ont disparu à l'instar de dizaines d'îles évacuées. Les populations du Sud accablées de chaleur, poussées par le manque d'eau, ont ajouté à la concentration des populations des hordes de démunis dont beaucoup sont morts au cours des voyages les conduisant de l'Afrique vers l'Europe. D'autres ont survécu pour atteindre le Graal, ce continent encore verdoyant, même si au sud il offre déjà des paysages désolés par la sécheresse et des régions dramatiquement inhospitalières dès la fin du printemps abîmé par les premières températures caniculaires.

Les gens fortunés ne rêvaient désormais plus que du Nord, du Grand Nord. Fini Miami, les îles grecques ensoleillées, les Baléares. Ils fuyaient non seulement la montée des eaux qui avait englouti leurs coûteuses villégiatures de bord de mer, mais aussi d'autres épisodes violents comme des tsunamis répétés, des tornades, des ouragans destructeurs. Des colonies de peuplement s'étaient installées à Terre-Neuve, au Groenland, venant essentiellement des États-Unis fuis par les New-Yorkais les plus riches. Ce qu'on avait appelé à une époque d'une façon un peu mièvre « le vivre ensemble » se rapprochait lentement du « survivre ensemble ». Seule l'industrie numérique pouvait maintenir cette cohésion fragile en détectant tout ce qui pouvait la menacer, individuellement aussi bien que collectivement.

On doit au système de surveillance massive que la cohésion sociale ne se soit pas violemment déchirée comme une voile soumise à la force des rugissants.

Chez les Occidentaux comme pour toutes les classes sociales émergentes de Chine ou d'Inde la mobilité comme expression de la liberté individuelle a fini par être limitée. Il n'était plus envisageable que des milliards d'individus sillonnent le monde en émettant des doses massives de CO_2 alors que plus un glacier, plus une banquise ne résistait au réchauffement climatique. On ne pouvait pas non plus demander à ces malheureux qui faisaient mal le lien entre cette tragédie et un mode de vie tant convoité de rapprocher celui-ci de la destruction des écosystèmes. Mais, à aucun moment, l'immobilité n'a été imposée. Le développement phénoménal du virtuel est parvenu à convaincre les plus démunis de rester chez eux, et de voyager depuis des cabines permettant de recréer en trois dimensions les espaces les plus vastes, de s'y mouvoir seul, dans un monde reconstitué avec une implacable précision, qui offrait le même vent dans les vallées, la même chaleur ou le même froid, des odeurs restituées à l'identique, le chant des oiseaux, et même le brame du cerf en automne. Finie l'époque où ces mêmes personnes mitraillaient des paysages avec leur téléphone intelligent sans jamais les voir directement, passant de lieux spectaculaires en sites incontournables à toute vitesse pour ne pas dépasser le coût d'une formule établie au plus juste prix, au milieu de cohortes de touristes haletants qui se bousculaient pour s'approcher au plus près de curiosités normées, recensées selon un programme harassant. Ils pouvaient désormais se payer n'importe quel voyage immobile en tous lieux de la planète. Il leur était loisible de visiter ces lieux tels qu'ils sont mais aussi tels qu'ils étaient avant la crise climatique et même bien avant, en remontant jusqu'à des temps immémoriaux. Cette façon de voyager dans l'espace aussi bien que dans le temps était d'autant plus pratique qu'elle évitait le contact avec les autres touristes à un moment où le dégel de la Sibérie libérait des bactéries inconnues, puissantes, contagieuses et parfois mortelles. Rester chez soi dans un monde virtuel a donné aux individus un sentiment de liberté totale qu'ils avaient complètement perdu dans le voyage, cette évasion factice, régulée au point que plus aucune spontanéité ne pouvait s'en dégager. Plus les années ont passé, plus le confinement a présenté des avantages. Chez soi, l'air était filtré, on pouvait y pulser de l'oxygène, ce qui n'était pas le cas à l'extérieur où la pureté de l'air avait disparu de la planète entière pour faire place à des compromis plus ou moins toxiques, où les alertes se succédaient, encourageant les gens à ne pas sortir de chez eux et à oxygéner leur habitat. Cette immobilité retrouvée à l'image des premiers sédentaires de notre histoire, une grande partie de la population ne pouvait pas faire autrement que de s'en réjouir, je parle des impotents, des obèses, victimes de la voracité de l'industrie de l'alimentaire qui avait dénaturé l'humanité au point que deux Occidentaux sur trois, à l'image des Américains, ne pouvaient pas se mouvoir seuls plus de cinquante mètres, handicapés qu'ils étaient par un poids rédhibitoire qui déjà, au début des années 2020, fermait l'accès à l'armée de plus de 30 % des jeunes Américains mâles.

De leur côté, les riches continuent à être riches et le sont de plus en plus, concentrant des fortunes inimaginables un demi-siècle plus tôt. Dans cette société qu'ils ont articulée autour de la sécurité des masses, par l'absence de risque physique autant qu'économique, ils ont fait de l'invisibilité un luxe. Au contraire du commun qui abreuve de données les géants du net, ils payent des fortunes des sociétés spécialisées pour ne laisser aucune trace, dans un jeu où ils tentent de démontrer leur supériorité intellectuelle et tactique sur ce système qu'ils ont voulu en dissimulant toutes les données, à l'exception de celles qui nuisent au suivi de leur santé. Il leur arrive, chose stupéfiante, de s'octroyer des prises de risque inimaginables en gravissant une montagne ou en dévalant une piste de ski, seuls dans des massifs désertés par une classe moyenne qui vit son confinement dans la joie intérieure. Mais surtout, ils vivent désormais dans des zones protégées, dans un environnement de rêve, et assistent ébahis au gonflement infini de leur fortune qui leur autorise tous les passe-droits, là où les masses connaissent des restrictions drastiques, continuant à se déplacer d'un point à un autre de cette planète qu'ils dominent dans une douceur qu'aucune dictature n'aurait pu imaginer un siècle plus tôt.

« L'universelle araignée a tissé sa toile sur le monde, une toile douce comme la soie. Elle se nourrit de liberté en échange de sécurité. Elle rapproche artificiellement les uns et les autres, les rassure, aspire leur anxiété, éloigne la maladie, la précarité, produit un revenu lui-même universel et donne un espace virtuel infini à un homme immobile, cafard des cyber-combles de son environnement dévasté. »

Au tournant des années 2020, mon père entrait dans le crépuscule de sa vie, il avait franchi le col de l'existence au-delà duquel la gravité vous emmène dans la pente, cette pente qui conduit inexorablement vers le néant, le non-être. « L'espoir de figurer dans la postérité nécessite une postérité c'est-à-dire la mémoire entretenue d'un homme, de son œuvre. Les hommes sont les seuls témoins d'eux-mêmes et l'imminence de leur disparition ne concernera pas seulement celle des vivants au moment de l'extinction finale mais avec eux s'éteindra aussi le souvenir des morts. Qui se souviendra des artistes adulés, des génies de la science, lorsque les décombres de notre civilisation seront recouverts de lierre et qu'aucune intelligence dans l'Univers ne sera en mesure de se demander comment nous en sommes arrivés là ? Tant qu'il y a des hommes, on peut tracer la ligne d'une perspective, définir les contours d'une dramaturgie, mais sans eux, le monde ne se réfléchit plus. La réflexion disparaîtra d'avoir renoncé à réfléchir, la pensée meurt d'une absence de pensée, l'espèce humaine est victime des mirages de sa socialisation autour du fétichisme de l'objet. Nous devons reprendre les choses depuis le début, au niveau de la plus petite cellule humaine, et apprendre à tisser un nouveau maillage des consciences et des intérêts collectifs, redéfinir les utilités, vivre à la hauteur de notre esprit et non pas de notre seul estomac et de notre projection sociale absurde. Il faut restaurer d'urgence la spiritualité, cette aspiration produite par la nature pour contrarier les forces de la gravité qui nous collent au sol et à ses contingences. »

Mon père écrivait sans ambition des livres qui se vendaient assez pour en vivre, essentiellement des romans dont certains avaient annoncé la vague populiste qui a tranquillement submergé la planète à la fin des années 2010. Ce qu'on a appelé alors le « populisme » était une façon très pernicieuse de répondre au mécontentement du peuple sans jamais toucher aux origines de celui-ci. Le populisme, selon lui, « c'est faire rentrer une population dans un stade, de nuit, mettre une lumière éblouissante sur une partie des gens présents en les traitant de voleurs pendant que dans l'obscurité profonde une bande discrète s'emploie à faire les poches de ceux qui fixent la lumière en hurlant, en invectivant les boucs émissaires aveuglés par les projecteurs.

« La première puissance du monde méritait à sa tête un sage, un philosophe, un intellectuel, un penseur. En 2016, c'est un promoteur immobilier qui s'est installé à la Maison-Blanche, porté par un peuple affaibli par une crise financière orchestrée elle-même par une caste dont le promoteur immobilier était un pur produit. Le promoteur n'était là que pour braquer le projecteur loin de ses amis, les vrais responsables de la colère populaire, attiser la haine sur l'étranger, l'envahisseur. Comme tous les promoteurs du monde il a usé de la main-d'œuvre étrangère à bas prix pour édifier des immeubles à Manhattan, symboles phalliques, contribution étonnante de l'impuissance sexuelle d'un homme à l'édification d'une ville. Ces étrangers ont fait sa fortune, assez pour qu'il les rende désormais responsables de tous les maux. Après les avoir essorés, il les jette à la vindicte populaire trop peu éduquée, formée, réfléchie pour flairer l'escroquerie. Le promoteur s'est-il demandé ce qui pousse ces désespérés à franchir ces frontières, quitter leur pays, leur maison, leur famille, au péril de leur vie. Il ne se l'est pas demandé puisqu'il le sait. Ce sont les mêmes populistes qui recouvrent par le bruit de leur logorrhée tonitruante la petite musique de la confiscation de l'autre côté de la frontière, célébrant cette inaptitude viscérale et violente au partage qui jette les hommes sur les routes de l'émigration. Rien ne change chez l'homme hormis la technologie dont il dispose, conçue par une frange d'individus qui va l'utiliser pour l'asservir définitivement. Mais l'homme lui-même ne change pas, il ne voit pas plus loin que la limite de ses intérêts. Les cupides l'ont compris, eux qui ont réussi à corrompre les forces progressistes qui leur faisaient un temps barrage. Elles ont cédé, se sont dissoutes dans l'accommodement, les équilibres économiques soi-disant inexorables, la corruption. Alors que la seconde décennie du siècle s'achevait, des drapeaux populistes se plantaient un peu partout et là où ils n'avaient pas encore réussi, se traînaient des petits marquis de la mondialisation empêtrés dans leur absence de vision. Mais les mâles dominants du dernier volet annoncé de cette aventure reptilienne ne craignaient pas la fin du monde. Leur ambition, au fond d'eux-mêmes, était de voir le monde disparaître au terme normal de leurs misérables vies en donnant au saccage, à la destruction, l'illusion de la richesse infinie. »

« Après l'Holocauste, Dieu aurait déjà dû nous foutre dehors à coups de pied dans le cul, ajoutait mon père en citant Vonnegut, l'écrivain américain disparu. La seconde tentative de suicide du XXe siècle a raté. Celle du XXIe siècle semble beaucoup mieux partie. Mourir génération après génération, cela n'avait pas de sens. Autant partir tous ensemble. »

Au quotidien mon père pouvait être déprimant, comme le sont les individus à l'incorruptible lucidité, à l'intelligence stimulée par une forme de paranoïa invasive qui s'aggrave avec l'âge.

Mon père m'a eue sur le tard, quand, réalisant que son œuvre avait peu de chances de lui survivre, dans un sursaut étonnamment contradictoire, il s'est résigné à une descendance, à n'être lui-même que le passage entre deux générations, signe que son pessimisme, sans être de façade, ne s'était pas encore transformé en désespoir.

Entre le moment où il s'est laissé convaincre par ma mère – une femme beaucoup plus jeune que lui – de faire un enfant et ma naissance, un délai bien plus long que la gestation normale s'est écoulé. Le taux de fertilité masculine s'est effondré de moitié entre 1971 et 2011 et cette conséquence de l'épandage massif des pesticides dans nos campagnes ne l'a pas épargné, raison pour laquelle je suis née grâce à une fécondation *in vitro*, réponse de la science aux forces de destruction du productivisme et de la nuée de diablotins criminels qui l'a accompagné.

Adolescente, j'ai été nourrie de sa critique de la révolution numérique en marche qu'il considérait avec le mépris de l'intellectuel pour une technologie mimant la libération de l'individu et qui, au prétexte de le connecter tous azimuts, l'enferme un peu plus dans une logique purement marchande où le faux a les allures du vrai. Au quotidien, il ne supportait pas que je me précipite vers mon téléphone quand il sonnait. Il accompagnait cet empressement d'un haut et fort : « Eh bien, j'aurais donc enfanté une domestique, elle court quand on la sonne. » Il était parfaitement conscient de ce que cette révolution impliquait en termes de pouvoir, au sens de l'emprise d'une minorité sur des masses. Cette prise de pouvoir aussi pacifique que lénifiante s'annonçait comme une dictature, une tyrannie de la douceur enveloppante. À la fin des années 2010 l'intelligence artificielle semblait encore largement en devenir. Les robots, comme on les appelait depuis les premiers livres d'anticipation, annoncés comme des esclaves, présentaient toutes les qualités d'intelligence pour renverser l'ordre des choses, prendre leur autonomie, nous imposer leur terrifiante rationalité, et au final nous éliminer. Cette élimination serait celle de l'imperfection d'un être humain de chair et de conscience approximative, capable du pire comme du meilleur, mais inapte à changer le cours des choses, cette marche géante des moutons de Panurge vers le précipice de la destruction de l'environnement. Certains experts de l'époque auraient pu adapter la réflexion de Vonnegut aux robots envoyés par le ciel pour nous foutre dehors à coups de pied au cul.

Nous en étions là de l'évolution quand j'ai décidé sans consulter mes parents de m'engager résolument dans cette révolution avec en tête une idée précise qui allait changer le monde. J'étais une de ces rares adolescentes à être portée par une ambition collective alors que mes contemporains pubères vivaient leurs jeunes années comme des lémuriens de la connexion, happés par leurs téléphones, leurs ordinateurs, leurs tablettes, leurs jeux en ligne auxquels ils jouaient des nuits entières avec des adversaires situés aux quatre coins de la planète. En attendant que le monde ne me change, je suis entrée en religion en exécutant mon plan, étape après étape. J'étais déjà tellement convaincue de ma réussite que j'ai obligé mes deux parents à se connecter en permanence, ce qu'ils ont fait de mauvaise grâce par amour pour moi. Je leur ai promis qu'ils en verraient le résultat un jour, certainement lointain, après leur mort. Mon père est mort alors que je gravissais les dernières marches de l'adolescence. Il était assis dans son lit, serein, et il m'a confié que toute sa vie il s'était employé à cultiver son libre arbitre, à en étendre la portée, pour limiter le pouvoir absolu de Dieu comme la Bible elle-même le recommandait. Et pourtant il ne croyait pas en Dieu, pas même au seuil de cet instant où apparaît furtivement le sens ou le non-sens de tous les instants qui l'ont précédé dans un espace-temps ridiculement étroit dévolu à l'homme par les lois de la nature.

Je voulais relever le défi de cette époque passionnante où menacé de disparition, l'homme devait se réinventer complètement. Je voulais un avenir radieux pour l'humanité dont les contours se dessinaient encore flous dans mon imagination de scientifique créative. Créer ma première entreprise dans la sphère numérique à l'âge où d'autres ont leur première expérience sexuelle n'a pas contrarié ma boulimie d'apprendre dans les plus grandes écoles françaises avant de m'envoler pour les États-Unis où j'ai naturellement intégré Google. Mon entretien d'embauche a eu lieu à Mountain View, en Californie, dans ce qui n'était déjà plus une entreprise, ni une ville, mais une nation qui vivait selon ses propres règles, sa propre vision et ses propres projets pour l'humanité. L'idée de mes interlocuteurs était de m'embaucher après m'avoir racheté Transparence, la société que j'avais créée à dix-huit ans et dont la réussite était largement basée sur le piratage de données que ce genre de monstre numérique s'était appropriées. Non seulement je ne voulais pas leur céder ma société mais je voulais qu'ils lui permettent d'accéder librement à leurs données moyennant une redevance de quelques millions de dollars par an. À cette condition, et à cette condition seulement, j'acceptais d'intégrer leur division dédiée au transhumanisme, à l'homme augmenté, à l'interface homme-machine, et aux créatures de l'intelligence artificielle dont les progrès constituaient une franche menace pour notre espèce. À cette époque nous étions pratiquement capables de construire des machines autonomes dans leur mode de pensée, mais ce perfectionnement même les conduisait justement à penser que l'homme, dans sa gênante imperfection, n'avait plus de raison d'être après les avoir créées, et c'est pour cela que, tout en développant tous ces petits génies de l'intelligence artificielle, les équipes travaillaient à les empêcher de communiquer entre eux afin d'éviter qu'ils ne se liguent contre nous à terme, un terme qui ne paraissait pas si lointain désormais. Mais là n'était pas la seule conséquence des avancées de notre département qui comptait repousser l'espérance de vie pour les êtres de chair et de sang d'une bonne vingtaine d'années. Les travaux entrepris sur le vieillissement des cellules étaient considérables et on s'attendait à vaincre la mort d'ici une trentaine d'années au plus. Nous en étions si près que plus personne n'osait prononcer le mot d'éternité, aspiration suprême à laquelle était consacrée une part considérable de l'activité de Google et de ses chercheurs. Même devenu biologiquement éternel, l'homme n'avait pas plus de chances de survivre à la faillite de son environnement qu'il avait savamment orchestrée depuis un siècle et demi. Et la migration cosmique à laquelle travaillaient les plus grandes sociétés mondiales se heurtait au problème des radiations dans l'espace et des distances à parcourir pour trouver de nouvelles planètes hospitalières dont certaines avaient été identifiées, mais localisées à des années-lumière de notre Terre minuscule, ce qui posait dans ce laps de temps la question de l'alimentation des astronautes, qu'ils soient immortels ou pas. Tout Google était mobilisé contre la mort, cet échec dont la société ne pouvait se satisfaire pas plus que ses clients. Ses collaborateurs se préoccupaient peu de rendre immortels des êtres, ce qui les préoccupait particulièrement c'était la survie, le développement de l'intelligence même bien au-delà de la perspective proprement humaine. Même si leurs travaux avaient porté jusqu'ici sur l'« augmentation physique et intellectuelle de l'individu », le corps ne les intéressait pas vraiment car son lent déclin puis sa putréfaction représentaient tout ce qu'ils haïssaient. Cette réalité allait contre toutes les fictions apaisantes dont ils entouraient leurs utilisateurs. Ils avaient le culte de la flamme, celle de l'immortalité.

Ces hommes et ces femmes paraissaient déjà ailleurs, fascinés par la direction que prenaient leurs travaux, obsédés par l'objectif de transpercer le mur de la mort pour obliger toute forme de foi, de superstition, désormais obsolète, à s'incliner devant eux, preuve vivante que l'homme est son propre Dieu par la force de son intelligence scientifique et technologique.

J'ai ainsi travaillé cinq ans avec ces somnambules, des zombies que la quête de l'éternité emmenait dans une forme d'autohypnose, de lévitation béate. Ils s'élevaient par leurs objectifs, et cette élévation s'accompagnait d'un sentiment de grande supériorité. Sous le portrait géant de Kurzweil, l'homme qui avait incurvé le géant du numérique vers le transhumanisme, chacun s'activait à oublier que la nature souveraine nous avait programmés à l'origine pour la transmission de génération en génération, la précédente étant destinée à s'éteindre. La nature aurait pu privilégier l'éternité sur la reproduction mais elle en avait décidé autrement, avec son mélange savant de hasard et de nécessité, en logeant la conscience dans un être mortel plutôt que dans un organisme unicellulaire capable de se diviser indéfiniment sans perdre ses qualités. Les jeunes chercheurs s'insurgeaient contre cet arbitraire de la nature, nature qu'ils méprisaient profondément d'ailleurs, jugeant que la frénésie de production d'objets qui accompagnait leur idéologie libertarienne l'endommageait à raison.

En attendant de rendre l'homme immortel on le réparait, on l'augmentait autant que possible. Déjà, beaucoup d'organes se remplaçaient. La génétique, qui avait révélé nombre de maladies prédéterminées, faisait d'immenses progrès, on reprogrammait des erreurs de la nature en entrant dans le génome en maître des lieux. Mais les plus belles inventions tournaient autour de l'exosquelette, cette fine coquille qui recouvrait le corps pour l'accompagner dans ses mouvements devenus compliqués, voire impossibles avec l'âge. Cette technologie permettait à un centenaire de marcher normalement. L'exosquelette rigidifiait son corps affaibli par la dégénérescence mais surtout il lui était possible de commander les mouvements de cet auxiliaire par des ordres transmis depuis son cerveau. L'esprit humain communiquait désormais directement avec la machine. Nombre de prothèses intelligentes fonctionnaient également sur ce modèle. Mais la machine n'était pas encore capable de conscience, même si Google prétendait être proche de ce stade ultime où elle serait capable de reproduire à l'identique le fonctionnement du cerveau et des neurones.

J'ai quitté Google quand la société, accompagnée d'autres géants d'internet, a décidé de quitter la Californie pour s'installer sur un archipel du Pacifique en créant son propre État où vivaient exclusivement les salariés du groupe et leurs familles. Le président des États-Unis de l'époque avait essayé de s'y opposer puis il avait renoncé devant la menace que Google ne révèle toutes les données collectées sur lui, sur la marche de ses affaires douteuses et de sa sexualité gênante qui ne se mobilisait que pour de très jeunes prostituées mineures et obligatoirement vierges. Mais là n'était pas le vrai danger, ce même président savait pertinemment qu'il n'aurait pas pu être élu sans l'aide précieuse des géants du net qui l'avaient conduit, avec une précision remarquable, à définir les attentes des électeurs et à les manipuler dans son sens. En sa nouvelle qualité de cyber-État, Google n'avait qu'une devise : « Le bien, rien que le bien, demain l'immortalité ».

Je me souviens précisément de mon stage d'entrée en fonction pendant lequel une centaine de nouvelles recrues avaient dû subir les litanies d'une femme qui prenait les poses présumées de Marie-Madeleine le jour de la mise au tombeau de son défunt mari, nous expliquant que Google voulait abolir et promouvoir, deux mots clés pour s'intégrer dans la multinationale. Abolir la souffrance, abolir la peur, la crainte et l'angoisse et bien sûr abolir la mort, stade ultime de la réussite de cette concentration d'intelligences supérieures dont se targuait la société. Si Google recrutait des adultes à la sortie de l'université, elle avait aussi développé un programme de « détection des talents » à l'échelon de la planète entière, un algorithme faisant tourner les qualités génétiques d'un enfant, ses aptitudes scolaires, son tempérament « positif » de sorte d'en faire un aspirant Google. Les parents étaient informés dès son plus jeune âge de sa qualité d'aspirant Google, ce qui pouvait le conduire à intégrer dès son adolescence « l'Université Google » dont il sortirait aussitôt intégré au géant. Les parents rêvaient de cet avenir tracé pour leurs enfants à l'heure où le numérique continuait à broyer l'emploi dans des régions entières de la planète.

Google rémunérait avec d'autres géants du numérique des milliards d'individus qui recevaient à ce titre un revenu universel dont ils étaient reconnaissants. Il suffisait pour cela, comme je l'avais déjà proposé, d'entrer dans le programme de connexion intégrale qui permettait à chaque individu de transmettre des millions de données chaque jour. C'était le prix à payer pour parvenir à une connaissance absolue de l'individu et de son environnement, rémunération infime si on la comparait au montant de la revente de ces données par Google et aux recettes publicitaires collectées à cette occasion. La peur du chômage, peur ancestrale, avait disparu. L'insécurité aussi, le système de prévention des infractions parvenant à détecter 98 % des intentions délictuelles, criminelles ou simplement malfaisantes. Enfin, les individus de moins de cent ans savaient que dans les vingt ans à venir au plus, ils bénéficieraient sous une forme ou sous une autre des bienfaits de la science et de ses avancées technologiques pour envisager, enfin, de devenir immortels.

— On va transformer des milliards de crétins en dieux. Sans nous, ils vivraient encore comme des hommes préhistoriques à cueillir des baies et à forniquer en se grattant l'entrejambe. Heureusement, l'éternité ne sera pas pour tout le monde. Douze milliards d'immortels. Quand je dis à Bjornstrom qu'il faudra bien choisir entre procréation et immortalité, qu'on ne pourra pas conserver les deux, il prend un air dubitatif et mystérieux mais il ne répond jamais. La condition de l'immortalité c'est la stérilité.

— Non, je pense que l'immortalité va être réservée à une élite qui payera plusieurs millions de dollars pour une vie sans fin et il y aura juste un petit supplément s'ils veulent se reproduire. On se sert des données de la masse pour développer un marché de l'immortalité qui lui sera forcément interdit. Il y aura les immortels et les autres, c'est déjà le cas en Inde non ?

À ce moment de notre conversation un signal du téléphone de Norman le prévint d'une alerte. Sans rien dire, il me le fit écouter. Un message oral, une voix de synthèse doucereuse lui reprochait son manque de bienveillance. Big Sister nous écoutait mais pour être sincère je n'en fus pas surprise.

Norman s'était révélé tel qu'il était, ombrageux, élitiste. Il considérait que la servitude étant la principale prédisposition de l'espèce, la manipuler était un jeu d'enfant. Les masses étaient sous contrôle comme aucun régime autoritaire n'y était parvenu jusqu'ici, les conduisant à produire et à consommer dans une torpeur quasiment minérale. Je n'avais pas une opinion beaucoup plus élevée des masses à l'époque mais à la différence de mon collègue, j'avais toujours considéré que l'élite éduquée dont nous faisions partie avait des responsabilités face à cette multitude, que l'intérêt et le cynisme ne pouvaient pas guider nos actions et je voyais chez mes collègues transhumanistes la même volonté d'en finir tout simplement avec le peuple. Personne n'en parlait librement.

Ce qui nous différenciait, Norman et moi, ne nous a pas empêchés de coucher ensemble car nous en avions besoin, un besoin animal, vestige de notre espèce, éruption presque regrettable d'une pulsion dégradante dans la mesure où nous ne la dominions que partiellement. Comme nombre de geeks, Norman avait découvert la sexualité par la pornographie accessible à tout âge et à tout moment sur internet. Les acteurs pornos ne s'embrassent jamais, raison pour laquelle il ne posait jamais ses lèvres sur les miennes. Il ne se déshabillait jamais devant moi non plus, de même qu'il était incapable de me faire face pendant l'amour. Se concentrer sur une seule chose était au-dessus de ses forces. Une fois je l'ai surpris à regarder son téléphone pendant que j'étais assise sur son sexe en lui tournant le dos. Un message était arrivé et il lui était impossible d'y résister. Comment différer la connaissance d'une information alors qu'elle est si proche de vous ? Il s'agissait en réalité d'une publicité pour des pilules qui favorisaient l'érection. Difficile de savoir si cette publicité était en temps réel, liée à l'état de la verge de Norman, incontestablement semi-rigide à ce moment précis, ou si le simple fait de faire l'amour avait conduit à cette proposition, mais en tout état de cause il en fut meurtri, se retira de nos ébats pour s'allonger sur le côté du lit et il resta ainsi une bonne heure, allongé nu sur le dos, à jouer sur son téléphone. Ses pannes sexuelles n'étaient pas rares et je les expliquais par le fait que sa sexualité était totalement conditionnée par ses fantasmes, que la réalité brutalisait ses codes psychologiques. Le toucher, l'odeur, la parole ne participaient pas de sa construction érotique. Norman était enfermé en lui-même au point qu'il faisait toujours au moins deux choses en même temps, de peur qu'une seule ne suffise pas à déjouer sa profonde solitude. Il ne rayonnait que quand trois écrans étaient allumés autour de lui. Son ordinateur portable était son lien au travail, permanent. Son téléphone était son lien au monde, à l'information immédiate. Sa tablette lui servait à se passer des fictions dont la construction était si prévisible qu'il pouvait regarder une série tout en travaillant, sans oublier de lire ses messages sur son téléphone. Conditionné à l'extrême, il avait des accès de libre-pensée imprévisibles et touchants.

Comme cadre exécutif de Google j'avais aussi l'obligation de montrer l'exemple par une connexion continue. Outre qu'on savait tout sur moi à tout moment, y compris ce que j'exprimais à voix basse, il m'arrivait d'être la victime d'erreurs d'interprétation des données que je transmettais. À plusieurs reprises, pendant des ébats sexuels, le frémissement de mon corps a été interprété comme l'amorce d'une défaillance grave ou d'une agression et en plusieurs occasions les services de sécurité alertés par une unité centrale se sont précipités dans ma petite maison, enfonçant la porte avant que je n'aie pu les détromper sur mon état.

Chacun était libre de se déconnecter, d'échapper à la surveillance généralisée. Mais chacun savait aussi que cette attitude de retrait par rapport au mouvement général de collecte des données créait une suspicion, celle d'un individu désireux de se distinguer de la masse, de s'en extraire, de s'éloigner d'un courant collectif ou, pire encore, de comploter, de fomenter en secret le Mal dont l'éradication était pourtant en bonne voie.

Si je n'en faisais pas démonstration, mon esprit critique n'était pas complètement éteint. Je collaborais franchement avec le système mais pas au point de renier mes origines. Le libertarisme, culte du libre-échange et de la transformation de l'individu en marchandise, ne me correspondait pas. Je n'avais pas ce mélange de naïveté, de mièvrerie et de cynisme qu'on pouvait lire dans le regard de la plupart de mes collègues. Je sentais qu'au plus profond d'eux-mêmes, ils souhaitaient la fin de l'homme et l'émergence d'une espèce parfaite, éternelle, infiniment riche et entourée de robots esclaves.

Sous le règne des transhumanistes de Google, la mort interviendrait sans violence, sans sacrifice, dans un long processus d'extinction sous anesthésie. Et tout cela ne serait au fond que le résultat d'une compétition perdue cette fois pour toujours par les faibles d'esprit attendus au Royaume des cieux, immense Disneyland des mortels.

J'aimais l'idée de l'éternité. À la mort de mon père j'ai compris que si on pouvait éventuellement donner un sens à la vie, l'impossibilité de trouver un sens à la mort était le propre de l'homme et le fondement de son humilité. Fallait-il prendre la conscience de la mort et notre impuissance à la vaincre comme une malédiction fondatrice de notre espèce ?

Des livres de mon père, dont le dernier est paru il y a une trentaine d'années, il ne reste rien, pas même l'ombre du succès qu'il a connu de son vivant. Lui qui croyait au supplément de vie procuré par une œuvre, il en aura à peine profité, relégué aux oubliettes de la littérature, coincé entre les grands immortels et les impostures commerciales qui lui ont succédé avant qu'elles-mêmes ne disparaissent avec l'écrit. Sans mort, plus de raison de se battre pour la postérité. Albert Camus, pour lequel mon père nourrissait une grande estime, voyait dans la mort la raison impérative de donner ardemment un sens à la vie, mais cet existentialisme ne m'a pas suffi à soulager mon chagrin pour les pertes qui m'ont été infligées tout au long de mon existence. Je n'avais aucune intention d'en rester là avec la mort, de respecter son pouvoir discrétionnaire, cette pesante dictature dont elle menaçait nos vies pour lesquelles nous devions mendier un sens qui s'évaporait avec notre dernier souffle. Ce génocide par le temps auquel nous assistions, génération après génération, me donnait le vertige. Mais la mort me révoltait tout autant que ceux qui prétendaient la vaincre en immortalisant leur esprit malade de génies de la technologie sans sentiments ni âmes, larbins d'un modèle économique où la richesse était censée croître indéfiniment, où une forme de pathologie de la croissance s'octroyait les attributs de la normalité. La création de son propre État par Google a révélé une prise de conscience, celle que, Française d'origine, je ne serais jamais de cette nationalité, hybride de transhumanistes et de libertariens, transfuges de la cupidité américaine érigée en civilisation immortelle. Au cours de mes derniers mois à Mountain View, j'ai eu le sentiment de vivre avec une bande de psychotiques délirants qui en avaient définitivement terminé avec le réel et qui se reconnaissaient entre eux à cet état de lumineuse béatitude qui éclairait leurs visages comme ceux d'apôtres aux portes du royaume de l'éternité. Je les sentais pressés d'en finir avec cette humanité à laquelle ils n'appartenaient déjà plus, faite de sensibilité, d'émotion, d'incertitude et de fragilité.

Le soleil se levait sur le fjord sans paresse pendant que mes collaborateurs rejoignaient un à un l'entreprise. Au fur et à mesure que je les saluais, je sentais chez chacun d'eux une grande fébrilité comme s'ils étaient prêts à exploser de joie. Plusieurs d'entre eux m'ont serrée dans leurs bras, longuement, allant jusqu'à me caresser pour se rassurer sur ma présence physique. Aucun ne m'a posé la question de savoir si j'allais bien, la réponse était devant leurs yeux écarquillés. Nous nous sommes rassemblés dans l'unique salle de réunion qui pouvait nous contenir tous et nous avons repris en détail la gigantesque opération financière que nous avions préparée. Elle devait se déclencher le dernier jour du mois, jour où j'étais également conviée à m'expliquer devant la justice pour le prétendu crime d'une personne, ce que je reconnaissais bien volontiers. À cette évocation, j'ai eu ce commentaire : « il est temps de se débarrasser de cette vieille peau », ce qui a provoqué des rires.

Le dispositif global consistait, on l'a dit, en une gigantesque spéculation à la baisse du cours des actions de centaines de sociétés liées à des secteurs dont nous pariions qu'ils allaient disparaître à plus ou moins longue échéance. Le jour du dénouement de cette spéculation, nous allions convaincre la planète entière de l'obsolescence de ces secteurs économiques par une démonstration irréfutable. Plus les actions de ces centaines de sociétés baisseraient en Bourse, plus nous allions nous enrichir. Les milliards de dollars gagnés à cette occasion devaient nous permettre de prendre le contrôle de Google le même jour. Nous entrions dans l'histoire mondiale de la finance depuis une petite société cachée en Islande. Et d'une certaine façon, concluais-je modestement, nous allions prendre le contrôle de la planète. Ce qui ne se ferait pas sans résistance, ajoutais-je pour ceux qui n'avaient pas encore pris la mesure de l'adversité à laquelle nous allions être confrontés. Nous étions sur un nuage et de nombreux intérêts n'allaient pas tarder à essayer de le crever.

Le jour prévu, je me suis rendue au poste de police. Le bâtiment était discret, fonctionnel, une petite entrée, trois bureaux et un espace commun qui donnait sur une cellule confortable où n'avaient été incarcérés jusqu'ici que des alcooliques, des maris ou des femmes violents. De meurtre il n'y en avait pas eu depuis deux siècles, le dernier remontait à 1867. Le chef de la police du district m'attendait là avec son adjointe. Un haut gradé de Reykjavik avait été apparemment requis et il était arrivé la veille. Je lui trouvais un drôle d'air suspicieux, un visage étroit posé sur un menton fuyant, des yeux rapprochés comme ceux d'un joueur de tennis, quelque chose d'un enfant contrarié qui voudrait qu'on le remarque. Rien de comparable à la bienveillance des deux policiers locaux qui m'ont préparé un café comme à une vieille amie. J'ai décliné.

— Non, merci, je n'en prends pas.

La jeune policière s'est aussitôt empressée de me proposer autre chose, comme du thé ou de l'eau.

J'ai regardé le gradé avant de répondre.

— Je suis désolée, je ne peux plus rien boire.

Elle a alors avancé une assiette où des biscuits gras étaient disposés en rond.

— Désolée, je ne mange plus non plus.

— Et depuis quand ? a demandé le gradé avec un air impertinent de détective anglais.

— Depuis le jour du meurtre.

Il a pris la balle au bond comme je l'y invitais.

— Donc vous reconnaissez ce meurtre ?

— Oh oui, bien volontiers. Vous n'aurez pas besoin de me torturer, ai-je ajouté avec un air espiègle.

— Et pourquoi avez-vous arrêté de boire et de manger depuis ce jour-là ? Une grève de la faim à titre préventif ?

Il a regardé l'auditoire pour mesurer son effet.

— Non, parce que je n'ai plus les organes pour le faire.

— Nous voilà bien. Passons aux choses sérieuses, vous reconnaissez donc bien le meurtre de cette femme que des témoins vous ont vue pousser dans la cascade. Pouvez-vous nous dire qui est la victime ?

— Bien volontiers.

— Alors ?

— Pour cela il faudrait que vous acceptiez de me croire.

— Allons-y..., lança le gradé, une pointe d'impatience dans la voix.

— Eh bien... puisque vous êtes pressé, voilà, je suis la victime.

Le gradé pencha la tête de côté et sa bouche se déporta, amusée. Les deux autres policiers me fixaient, stupéfaits.

— Vous ne me croyez pas ? Je le comprends parfaitement,

c'est un trop grand saut dans l'irrationnel, pourtant c'est la stricte vérité. Ma société Endless travaille depuis vingt-cinq ans dans le secret sur le transhumanisme. Considérant que l'homme n'est fait que de matière destinée à se décomposer progressivement, cette pourriture gâchant au final tout ce qu'il y a de beau dans l'individu, en particulier sa pensée, sa sensibilité, son émotivité, son intelligence supérieure, nous avons considéré que toutes ces qualités aussi imparfaites fussent-elles méritaient d'être logées dans une enveloppe plus noble. Nous sommes passés de la chair au minéral et nous avons pris le parti que cette enveloppe durable soit l'exacte reproduction de la personne qui a vécu. Aujourd'hui voyez-vous, il est possible de reconstituer l'extérieur d'un être et ses fonctionnalités essentielles à l'identique tout comme sa psychologie et son âme sur la base des milliards de données collectées sur lui. Nous savons tout de chaque être humain raisonnablement connecté. Nous sommes capables de reconstituer son cerveau et ses connexions neuronales à l'identique. J'ai longtemps travaillé chez Google dans le département en charge de prolonger la vie jusqu'à la rendre infinie. J'en suis partie parce que je n'avais pas la même conception du véhicule dans lequel assurer cette éternité. Google voulait assurer l'éternité à une petite élite, à des robots mus par une intelligence artificielle. Au contraire c'est aux hommes qui vivent aujourd'hui que je veux assurer l'éternité en les faisant simplement muter dans un organisme apparemment identique après leur mort, leurs qualités intellectuelles, leur sensibilité restant inchangées. Nous avons réussi à rendre l'homme éternel dans un environnement qui aura plus de chances de le rester une fois qu'il sera débarrassé de ses fonctions primaires.

« La chair, même si l'on renouvelle indéfiniment ses cellules, reste de la chair et nous restons mortels aux accidents de la vie. De plus, la chair doit être nourrie, abreuvée, ce qui produit des quantités de déjections considérables, sans parler du préjudice causé par l'agriculture pour la nourrir, les problèmes liés à l'eau, à la surpopulation causée par une reproduction frénétique dans certaines zones pauvres où les enfants sont la seule richesse. L'être humain tel qu'il existait jusqu'ici n'était plus viable dans l'environnement qui lui a été assigné. Par ailleurs, en raison de sa courte espérance de vie, il a été incapable de se transporter plus loin que Mars qui ne présente pas grand intérêt. Mais pour voyager plus loin, là où la vie serait possible pour un humain de chair et de sang, il faut du temps, beaucoup de temps, des années par centaines et sauf à compter sur des générations qui se succéderaient à l'intérieur des vaisseaux, comment faire ? L'homme est adapté, était adapté à son environnement et rien d'autre. Par avidité il a détruit sa propre planète, la transformant en décharge. Je voulais que chaque être humain qui le mérite puisse muter dans des matériaux qui sans rien changer à son esthétique, à son intelligence et à son âme le transportent vers l'éternité. Cette métamorphose n'a été possible que parce que depuis quatre-vingts ans, nous collectons des milliards de données sur chaque individu qui nous ont permis de savoir précisément qui il est et de le reconstituer en partant d'algorithmes qui ne changent rien à sa liberté de penser. Cette génération d'humains va devenir immortelle et il n'y en aura pas d'autre. Elle ne pourra pas se reproduire.

L'incrédulité du gradé ne l'empêcha pas de me poser des questions comme s'il faisait mine d'adhérer à ces propos délirants.

— Tous les êtres humains vivants aujourd'hui pourront vivre éternellement ?

— Non, seulement ceux qui en feront la demande et qui le mériteront.

— Et qui définira les critères ?

— Nous, ils sont déjà définis selon une aptitude à vivre en société et à respecter son environnement. La résurrection aura lieu tout de suite après la mort biologique, ce qui n'a pas été le cas pour moi. On ne pouvait pas attendre ma mort naturelle pour prouver que nous avons réussi. C'est la raison pour laquelle j'ai précipité ma fin. Mais ce ne sera pas le cas pour les autres. Ils devront impérativement être morts avant de ressusciter. Rien de très différent avec ce qui était prévu dans certaines religions. Dans la minute où ils mourront, leur double de synthèse prendra le relais. Ils auront le choix de leur apparence dans une certaine mesure. Voyez-moi, je suis telle que j'étais à quarante ans, l'âge où j'ai atteint un certain équilibre, une certaine plénitude.

— Qu'adviendra-t-il de ceux qui n'auront pas été choisis ?

— Ils mourront aussi mais ne connaîtront pas la résurrection. Ils auront toujours la possibilité de transmettre la vie, ce sera leur choix. Sachant que le taux de fertilité se dégrade, nous parviendrons à un équilibre démographique et puis si les parents ne sont pas retenus par le programme, leurs enfants pourront l'être un jour. Nous prendrons le meilleur de l'humanité selon nos critères et non pas selon ceux édictés secrètement par Google. Toute personne qui aura été normalement connectée tout au long de son existence pourra prétendre bénéficier du programme Endless. Malheureusement nous ne pourrons rien pour ceux qui se seront soustraits à la transmission de données, nous n'en saurons pas assez sur eux pour les reconstituer. Nous ne prévoyons pas non plus d'intervenir sur la psyché des individus car ensuite ils ne seraient plus les mêmes et notre humanité perdrait son âme. On pourrait décider de prolonger indéfiniment même des hommes mauvais et de les modifier, c'est techniquement réalisable mais cela va contre nos principes, seuls vivront éternellement ceux qui l'ont mérité. Des modifications ultérieures de la psyché pourront intervenir à la demande de nos clients pour peu que cela ne bouleverse pas leur nature. L'accès au programme ne sera pas non plus déterminé en fonction de la fortune personnelle. Le mérite, les qualités morales seront les seuls critères discriminants. Qu'est-ce qui va changer pour les individus ? Ils ne mangeront plus, ne boiront plus, ne produiront plus de déjections, ne dormiront plus, ne souffriront plus, leurs angoisses liées à la mort disparaîtront obligatoirement. Leur priorité sera de restaurer leur environnement qui se rétablira naturellement par la disparition de toutes les fonctions de consommation. Chaque individu puisera sa propre énergie dans les éléments naturels, le soleil en particulier. Je crois vous avoir dit l'essentiel à ce stade.

Les deux policiers regardaient par terre, n'osant lever les yeux de peur de croiser un autre regard, alors que le gradé balançait visiblement entre me croire et me jeter mon imposture à la figure. Mais je compris très vite qu'il voulait ménager son avenir au cas où ce que je prétendais était vrai. Sans agressivité, il me demanda de lui raconter précisément les circonstances du « crime », hésitant sur ce dernier mot un peu étroit pour définir ce qui s'était passé.

— J'ai rejoint mon support biologique à l'endroit convenu pour que des témoins assistent à la tragédie qui n'en était pas une. C'était la première fois que nous nous faisions face depuis ma sortie des locaux d'Endless. Elle m'a dit :

« — Je savais que ce moment viendrait. Je l'ai préparé depuis des années, je n'ai pas passé un jour sans y penser, sans me demander si j'aurais le courage de franchir le pas. En même temps, je ressens une exaltation immense. Je ne peux pas m'enlever l'idée que je quitte ce monde. Moi qui ai rendu le suicide bientôt impossible, je suis dans la situation de quelqu'un qui doit mettre fin à ses jours et je n'en ai pas le courage, tu comprends cela ?

« Je lui ai répondu que la seule chose qui nous séparait à ce moment précis était qu'elle avait à apprécier cette situation alors que j'en étais dispensée.

« — Tu es bien d'accord qu'on ne peut pas cohabiter plus longtemps, m'a-t-elle dit comme si elle attendait que je lui dise le contraire.

« — Ce n'est pas l'idée. Je suis là pour te succéder, tu ne seras jamais aussi vivante qu'une fois morte.

« Elle a regardé la mer. Un vent venu du lointain s'était levé en tourbillonnant légèrement. Elle s'est mise à me parler comme si j'étais une autre. Je lui ai répondu que ce n'était pas nécessaire et que cela me perturbait. Ce phénomène de dissociation même très provisoire m'embarrassait.

« — Il va falloir que tu m'aides.

« — Je sais, ai-je répondu.

« Elle a poursuivi, étreinte par l'angoisse :

« — Tu t'en sens capable ?

« — Évidemment.

« — Et tu le vis comment ?

« — Je le vis très bien.

« Une longue hésitation de sa part a suivi. Je l'ai interrompue.

« — J'ai l'impression que tu ne te fais plus confiance.

« Elle a inspiré très fortement cet air marin auquel elle semblait suspendue.

« — Si, si...

« Avant de reconnaître :

« — Je vacille dans mes certitudes, c'est un peu normal non ?

« — Oui, j'imagine. C'est un peu comme quand l'âme quitte un corps mort. Elle doit douter un moment de lui survivre.

« Elle s'est avancée au bord de la falaise puis s'est arrêtée, les jambes en arrière, le corps en avant, à la limite du déséquilibre avant de reculer tout d'un coup pleine d'effroi.

« — Je n'y arriverai jamais. Tu sais j'ai eu cette perspective sur l'aplomb dans ma maison pendant ces vingt dernières années et ce vertige avait quelque chose de revigorant. Je n'aurais jamais imaginé être sur le point de sauter, comme je n'imagine pas procéder autrement. C'est étrange. À cette hauteur, je mourrai en frappant l'eau n'est-ce pas ?

« — Je le crois.

« — Tu le crois ou tu en es certaine ?

« — J'en suis certaine, comme tu en es certaine, arrêtons de faire semblant.

« — Vraiment certaine ?

« Je dois reconnaître qu'à ce moment précis, elle m'a un peu irritée. Je sais combien ce passage de la vie à la mort est important et à quel point il est préférable, quand on le peut, de le maîtriser parfaitement pour en tirer tout ce qui fait la force de ce moment unique pendant lequel on existe absolument. La lucidité s'y révèle à l'individu sous une forme inconnue jusque-là et on s'en émerveille un court instant.

« — Si je te demande de me pousser, tu le feras vraiment ?

« J'ai répondu "Bien sûr" sans la moindre hésitation. Elle en a eu l'air un peu surprise.

« — Mais tu sais bien qu'aucune considération morale n'entre dans ma décision qui est aussi la tienne.

« Ma réponse l'a apparemment satisfaite mais sa préoccupation était ailleurs.

« — J'ai subitement un doute sur la migration de l'âme, a-t-elle lâché comme quelqu'un qui s'abandonne à une déroutante confession.

« — Sommes-nous certains d'en avoir une d'abord ? Non, sincèrement, cette préoccupation spirituelle qui t'anime au dernier moment nous honore, mais... tu doutes vraiment ?

« Elle s'est mise à tourner sur elle-même subitement sensible au froid qui s'abattait sur son corps. S'y mêlaient les embruns portés par des rafales venues du Groenland. Elle s'est mise dos à la falaise en me regardant avec des yeux exorbités. Par un parallélisme bien compréhensible cette démence m'a également affectée. Je l'ai poussée. Pas assez pour la faire tomber. Et pourtant elle est partie à la renverse. J'ai fait une première moitié du chemin qui la conduisait à la mort. Elle a fait la seconde. Je l'ai regardée chuter et je ne sais si c'est le bruit de la cascade mais je crois l'avoir entendue hurler de joie. Le corps a ensuite été aspiré par un siphon, là où la cascade rejoint la rivière.

« Et la vie a continué sans rupture, tel que nous l'avions prévu avec mes équipes. Un moment, par je ne sais quelle superstition, j'ai craint de m'éteindre avec elle. Mais rien n'est advenu.

— Nous n'avons toujours pas la preuve que c'est bien vous qui êtes morte dans cette cascade, coupa le gradé qui revenait à lui.

— Ni que c'est moi devant vous. Tout ce que je peux vous dire pour vous aider et mon mari pourra en témoigner quand il sera de retour d'Indonésie c'est que j'ai un grain de beauté de la taille des anciennes pièces de monnaie au creux des reins.

Je me suis levée pour le leur montrer.

— Vous verrez le même à l'identique sur la victime quand vous la retrouverez. Si nous devons aller jusqu'au procès, ce dont je doute, je plaiderai qu'il ne peut y avoir de crime avéré puisqu'à travers moi, la victime continue à vivre, d'autant que vous n'avez pas retrouvé son corps. C'est à vous de prouver que cette femme n'est pas moi. Comment pourrez-vous y parvenir ? Ce serait un procès vain et ridicule par rapport aux enjeux de l'annonce révolutionnaire qui va être faite. Vous rendez-vous compte que vous êtes devant la plus grande révélation de l'histoire de l'humanité ou pensez-vous être dans une énième énigme policière ? C'est à vous de voir. Vous assistez au tournant le plus spectaculaire de notre espèce, non seulement parce que l'homme devient immortel, tâche qui lui avait été assignée par son intelligence depuis l'origine, mais surtout, vous le verrez, ne subsistera sur Terre que le peuple de Jésus. Vous êtes chrétiens n'est-ce pas ? Et vous n'avez rien compris au Nouveau Testament. Que dit le prophète ? « Faites ce que je vous dis et vous serez Dieu vous-mêmes, je suis le fils de Dieu, je suis votre émanation pour vous montrer la voie qui conduit à lui, lui étant vous. »

Je ne sais pas clairement ce qui m'a pris de ramener Jésus dans notre conversation à ce moment-là. Je n'ai pas été vraiment éduquée dans la religion, dont mon père disait qu'elle est le premier niveau de la quête de la spiritualité et malheureusement souvent le dernier, comme si cette quête essentielle devait échouer face à ce qu'est devenu cet instrument : un outil de pouvoir au service des puissants.

Mais la figure du Christ des origines et ce qui a été rapporté de la vie de Jésus avec plus ou moins de vérité en fait une figure charismatique attachante de dissident d'un monothéisme déjà bien installé à l'époque, si l'on en croit l'Ancien Testament. S'est-il lassé de la violence et du fracas de ce texte pour en inspirer un autre ? Le Christ, de toute évidence, a montré la voie, une voie originale dans la longue quête de Dieu au terme de laquelle toutes les religions se rejoignent dans la même élévation quand, tout en bas, on continue à se massacrer dans les catacombes de la foi portée par toutes les impostures pseudo-théologiques, consécration de l'ignorance au service de l'oppression.

Une heure plus tard, malgré un profond dilemme entre son éthique professionnelle et sa volonté de ne pas compromettre ses chances d'accéder à l'éternité, le commissaire de police venu de la capitale m'inculpa pour le meurtre d'une femme dont l'identité n'avait pu être établie. La mise en examen de la présidente de Transparence et d'Endless eut un certain retentissement, mais rien comparé à celui qu'eut le communiqué de mon avocat reconnaissant le meurtre d'une personne qui n'était autre qu'elle-même.

La nouvelle reprise par tous les médias de la planète se propagea en moins d'une heure, le temps pour plusieurs milliers de journalistes de réserver ou pour certains d'affréter un avion à destination de l'Islande. Jamais l'île n'avait connu une telle ruée. La première conférence de presse se tint en fin d'après-midi. On me vit apparaître aux côtés de mon avocat et répéter ce que j'avais déjà dit à la police. L'acharnement avec lequel Google travaillait sur l'éternité humaine avait préparé les uns et les autres à de probables spectaculaires avancées mais qu'une société dissimulée en

Islande pendant vingt-cinq ans ait pu prendre le géant de vitesse, il en résulta une excitation toute particulière. Comme nous l'avions prévu, dans les heures qui suivirent ma longue déclaration, les marchés s'effondrèrent, preuve que ceux-ci relayaient la nouvelle en lui apportant la crédibilité du système, fondamentale pour les individus. L'alimentaire, l'eau, l'assainissement et des dizaines d'autres secteurs perdirent en Bourse plus de 95 % de leur valeur, bien au-delà de nos espérances. La plus grande crise boursière de l'histoire de la finance commençait. Google en fut très affecté. Le marché lui reprochait de ne pas avoir été le premier à vaincre la mort et l'impact de cette défaite sur son cours de Bourse fut dramatique. À 17 heures 12 heure locale, le lendemain, Endless avait pris le contrôle de Google pendant que la valeur de milliers de sociétés s'effondrait à la mesure des effets gigantesques de cette avancée humaine sur l'économie. Moins d'une heure plus tard, le président de Google m'appelait pour m'annoncer qu'il me remettrait sa démission, précédant de quelques instants ma décision de transférer le siège du nouveau groupe Endless-Google en Islande. La présidente des États-Unis fut la première à me contacter dans la soirée en sollicitant un rendez-vous que j'acceptai volontiers, appel suivi quelques minutes plus tard par celui du coordinateur du renseignement américain prêt à sauter dans un avion pour me rendre visite. Le pape François III me joignit alors qu'un soleil timide s'enfonçait à l'horizon. En attendant de prévoir un entretien, il me félicita froidement, profondément déstabilisé.

Le doute qui aurait pu planer sur la réalité de notre

avancée fut balayé par les marchés. Moins de quarante-huit heures après sa révélation, la fin de la mort était actée partout sur la planète même si ses modalités n'étaient pas encore claires pour tout le monde. Un grand désarroi s'empara des croyants de toutes religions et il apparut vite évident à leurs yeux que Mahomet, le dernier prophète révélé chez les monothéistes, ne l'était plus, supplanté par une femme qui promettait une vie éternelle sur les lieux mêmes de la vie, ce paradis si longtemps ignoré. Ce que nombre de présidents de Google avaient rêvé, je l'avais fait en cumulant étroitement ma qualité de nouveau prophète et de président de la première société mondiale. À la nuit, entourée de mes douze collaborateurs associés, tous assis autour de la grande table de réunion, j'eus l'impression de participer à une répétition de la Cène. Comme je m'inquiétais de l'accès de religiosité créé à mon égard par la situation, mes collaborateurs furent unanimes pour dire qu'il était inévitable que je m'élève en figure charismatique et que je devais me préparer à assumer la lourde tâche de ce rôle public. De plus, ils me firent remarquer qu'avant moi, aucun prophète n'avait eu droit de vie et de mort sur chacun des individus de la planète. Désormais, en absorbant Google, nous détenions directement l'ensemble des données des individus, préalable essentiel à la résurrection des êtres, ce qui était d'ailleurs une des principales motivations de notre prise de contrôle. Le fichier des données de l'humanité était désormais entre nos seules mains et il n'appartenait qu'à nous-mêmes de décider qui allait perdurer indéfiniment ou pas. Jamais personne n'avait concentré de tels pouvoirs. Mais nous comptions en faire bon usage. Par ailleurs, n'oublions pas que nous étions sur le point de sauver l'humanité d'une fin annoncée. Que mon intention ait été d'instaurer une dictature du bien, je ne le conteste pas, encore faut-il s'entendre sur la signification de ce mot.

Faute de retrouver mon cadavre en aval dans le lit de la cascade, l'affaire ne fut ni classée, ni jugée. La justice islandaise se contenta de la laisser en suspens car il n'était possible ni de me condamner ni de m'acquitter.

Il arrive que la réussite de projets d'importance, de longue date, vous submerge de succès. L'exécution de mes plans, de nos plans, se révéla d'une rare perfection. Qu'une femme ait pu mener pareille entreprise ajouta à la surprise, particulièrement chez tous ceux qui, sans le dire, attendaient un nouveau prophète mais certainement pas sous les traits d'une femme. De toute l'histoire de l'information, jamais une nouvelle n'a été à ce point reprise, commentée, disséquée, occultant presque la prise de contrôle de la première entreprise mondiale par une start-up installée en Islande.

Mon premier déplacement officiel fut pour les dirigeants de Google. Son président était un jeune type blafard, émacié, le visage osseux. Son expression était d'une déconcertante neutralité, ni bienveillance, ni malveillance, il était simplement sidéré. Assise en face de lui dans un fauteuil pivotant inspiré des années 1970, je le vis s'avancer, la tête légèrement de côté, puis tourner autour de moi. Je sentais qu'il avait envie de dire quelque chose qu'il n'osait pas. Mais il passa à l'acte en me faisant tourner comme une toupie sur mon siège avant d'arrêter le mouvement d'un coup. Il n'osa pas me toucher mais s'approcha jusqu'à sentir ma peau. Cet homme était à n'en point douter un génie mais il n'avait pas intégré dans son système de défense personnel qu'il pourrait être un jour à ce point contrarié. Puis il se releva d'un coup sec.

— Je dois vous remettre ma démission n'est-ce pas ?

Je lui souris aimablement.

— Je crains que ce ne soit l'usage.

Il baissa la tête.

— Évidemment c'est une terrible déconvenue pour moi à titre personnel, mais vous n'imaginez pas à quel point je me sens transcendé par cette nouvelle. Nous n'étions pas loin non plus mais sans doute avons-nous fait fausse route, en préférant de nouvelles personnalités à la conservation éternelle de celles qui existaient. Nous avons parié sur une nouvelle humanité et vous nous prouvez que nous avons eu tort. Vous allez garder l'humanité en l'état en prouvant qu'elle comporte en elle-même les germes de sa pérennité. Je ne veux pas entrer dans une polémique mais je me demande comment vous avez pu développer votre projet sans que jamais personne, pas plus nous que les services de renseignement, n'ait été au courant. C'est prodigieux d'opacité. J'ai vérifié, nous ne savons rien sur vous depuis que vous avez quitté Google où vous étiez considérée plus pour avoir créé Transparence, votre agence de contrôle matrimonial, si vous me permettez l'expression, que pour vos travaux ultérieurs sur le transhumanisme. Nous n'avons d'ailleurs pas essayé de vous retenir quand vous êtes partie.

Il s'interrompit comme si quelque chose lui revenait en mémoire brutalement.

— J'ai compris votre système. Ne seront ressuscités que ceux qui ont émis suffisamment de données pour être reconstitués à l'identique et dont la personnalité entrera dans vos critères, dont il est patent qu'ils seront complètement discrétionnaires.

— Discrétionnaires, non. Ces critères seront basés sur le

respect de la vie en société dans un environnement donné, ni plus ni moins.

— Mais réalisez-vous qu'avec le premier de ces critères qui est d'avoir été parfaitement transparent, d'avoir transmis toutes les données nécessaires, vous allez vous aliéner les hommes et les femmes qui devaient rester opaques par leurs métiers, comme les agents de la sécurité et du renseignement ? Quand votre programme sera-t-il opérationnel ?

Je pris un instant pour réfléchir.

— Notre capacité à traiter tous les morts sélectionnés pour être ressuscités sera pleine et entière d'ici cinq ans.

Son regard se détacha mystérieusement de lui comme s'il cherchait à fuir la pièce.

— D'ici là il est malheureusement possible que notre espèce se soit éteinte. La température ne cesse de s'élever. Et je ne pense pas que l'homme en soit le seul responsable. Nous devons faire face à notre possible extinction. Ce qui nous différencie c'est que je ne crois plus du tout dans l'humanité. Je pense que l'évolution ne s'est pas faite dans la bonne direction. Dieu n'est pas mort à Auschwitz, c'est l'homme qui est mort. Alors que vous gardez un fond de tendresse pour ce que nous sommes n'est-ce pas ? Je ne crois pas dans l'homme tel qu'il a existé jusqu'ici. Ses qualités scientifiques et technologiques incontestables lui permettent d'envisager une espèce nouvelle, plus aboutie, issue de l'intelligence artificielle, et nous ne sommes pas loin d'y parvenir. Je ne vous cache pas que nous avions prévu de conserver un noyau d'anciens humains réimplantés à partir de leurs données…

— Des dirigeants de Google exclusivement j'imagine ?

— C'est cela. Nous, et nous seuls, à la tête d'une nouvelle humanité téléchargée, débarrassée de ses faiblesses physiques et psychologiques. Où allez-vous mettre le siège de la nouvelle entité ?

— En Islande.

— Vous ne craignez pas qu'il y fasse bientôt trop chaud ?

— Connaissez-vous un endroit sur cette planète où il ne fait pas trop chaud et où il ne fera pas de plus en plus chaud ? C'est pour cela que je ne croyais pas à l'homme augmenté sur le plan biologique. Toutes les manipulations génétiques du monde ne pourront rien pour lui et certainement pas le sauver de l'extinction. Je ne croyais pas non plus à la direction de vos travaux sur l'intelligence artificielle, un homme complètement nouveau, un ordinateur sensible ayant des qualités mécaniques de déplacement, c'est une autre espèce, ce n'est pas la nôtre. Vous avez hésité entre homme augmenté et un pur produit de l'intelligence artificielle alors que nous avons résolument renoncé à accroître indéfiniment la durée de vie biologique tout en moulant l'intelligence artificielle à partir de vraies personnalités. La grande différence entre nous vient de ce que vos projets transhumanistes s'appuient sur un homme que vous ne mesurez qu'à l'aune de son intelligence, de ses aptitudes technologiques et de sa capacité à les traduire en nouveaux marchés. Vous n'aimez pas ce qui fait la singularité de l'homme, vous ne comprenez rien à l'âme. Votre spiritualité, votre bonté ne sont que façade et mièvrerie, vous ne supportez pas le caractère incertain de l'homme, vous lui préférez l'ordinateur et sa froideur obéissante et vous n'attendez qu'une chose, qu'il vous débarrasse de cette humanité qu'une course à l'argent a empêchée de s'élever à des valeurs proprement humaines. Votre transhumanisme est celui du désespoir et de la fin de l'homme, j'ai voulu au contraire rendre ceux qui vivent aujourd'hui éternels demain, à la seule condition qu'ils soient en harmonie avec une société qui respecte autrui et son environnement. Votre démarche est eugéniste, comme l'a été le nazisme avant vous, vous voulez une race pure nouvelle, entièrement technologique, alors que je n'ai fait que revenir aux fondamentaux du christianisme, comme ont essayé de le faire les humanistes, même lorsqu'ils étaient les plus grands pourfendeurs de l'Église.

« Le génie de Google a été d'ouvrir le chemin de la connaissance absolue, sa faiblesse a été au fond de n'être qu'une phénoménale machine commerciale. Votre force inégalable, c'est d'avoir compris que par une apparente douceur, le champ de la domination est infini. Nous sommes loin de la violence de *1984*, très loin, aucune contrainte n'est perceptible, la servitude volontaire est absolue, vous flattez l'impatience, le faux sentiment de la liberté, l'illusion de la force individuelle, mais plus rien de ce qui fait la grandeur de la conscience n'existe, tout est réduit à une rationalité au service de l'objet et de son développement infini. Avec vous l'humanité ne va pas vers l'éternité, elle s'éteint progressivement par la perte de ses qualités essentielles, l'éradication de ses cultures, la globalisation de son conformisme, elle communique en permanence pour ne plus communiquer, elle est constamment aspirée par le large pour sacrifier son proche entourage, elle n'a plus qu'une culture, la vôtre. Avoir pris le contrôle de votre entreprise, être désormais la femme la plus puissante du monde ne m'apporte rien, je veux seulement rendre à l'Homme une forme de dignité, de pensée, de libre arbitre, de rêverie, d'irrationnel et le sortir de ce siphon dans lequel il est aspiré pour que sa conscience serve à autre chose qu'à consommer sans fin et à valoriser des fortunes déjà considérables qui n'ont d'autre objectif que de grossir encore et toujours.

— Je suppose que je ne serai pas éligible à votre programme, n'est-ce pas ?

— J'ai bien peur que non. Je ne vous imagine aucune utilité dans un monde meilleur. Mais je ne jette pas le bébé avec l'eau du bain. La révolution numérique a beaucoup apporté à l'humanité sans avouer qu'elle allait lui ôter de sa spécificité humaine. Parce que la révolution digitale c'est le savoir, le savoir éperdu mais pas la compréhension. À quoi sert-il d'en savoir mille puissance mille fois plus que l'homme préhistorique si aucune pensée, aucun esprit critique n'est relié à la connaissance, si la connaissance de soi transite par un algorithme pour finir par vous normaliser, faire de vous un standard ? C'est cette duperie que je vous reproche et que je ne suis pas disposée à vous pardonner.

Il se laissa tomber dans son fauteuil et commença à réunir ses effets personnels.

— J'imaginais bien qu'un jour mon conseil d'administration pourrait me virer, mais je n'ai jamais imaginé qu'une prise de contrôle extérieure puisse... me condamner à mort. Enfin... à ne pas ressusciter.

— Ce n'est pas moi qui déciderai, mais un algorithme comme vous les avez tant aimés. Mais croyiez-vous seulement à la résurrection ?

— Je ne l'avais pas envisagée sérieusement.

— Quand on veut être Dieu soi-même, on ne s'embarrasse pas de ce genre de conjecture, n'est-ce pas ?

— Mais je dois reconnaître, maintenant que vous me le dites, que le fait qu'aucun au-delà ne me soit ouvert me peine beaucoup. Je ne pensais pas avoir mérité cela.

— Changez d'ici votre mort, amendez-vous sincèrement et, je ne vous garantis rien, mais peut-être deviendrez-vous éligible au programme.

— J'ai bien peur de ne pas être capable de changer, je ne sais pas ce que je pourrais être d'autre, en plus pour l'éternité, vous imaginez...

Des rumeurs d'action judiciaire contre Endless pour délit d'initié fomentées par des actionnaires de Google montèrent dans les médias, mais la terreur d'entreprendre une action hostile contre nous eut raison de ces velléités.

Le choc fut considérable parce que la notion de temps changeait totalement. La civilisation avait jusqu'ici tendu ses efforts vers sa compression, vers la satisfaction de l'impatience, et soudain une autre perspective s'ouvrait que celle de nos petites vies étriquées qui traversaient au mieux un siècle dans une frénésie compulsive, dont un bon tiers était affecté par le déclin auquel on assistait jour après jour, le corps et l'esprit pris lentement dans les glaces de la sénilité même si la technologie donnait le change devant cette extinction progressive. Comme j'ai eu l'occasion de le dire, la nature a opté pour la reproduction et la transmission, magnifique projet en d'autres circonstances si l'homme s'était montré digne de confiance, mais il avait finalement fallu l'adapter à ce qu'il était vraiment et changer radicalement les conditions de son évolution.

Nous avions plié la nature à nos lois, une fois de plus, mais pour son bien. Et la conquête spatiale s'en trouvait relancée.

Le vent m'a surprise quand les portes se sont ouvertes. C'était le tourbillon que provoquaient les pales de l'hélicoptère électrique à deux rotors qui venait de me déposer à la Maison-Blanche. Mon accueil par la présidente des États-Unis fut celui d'un chef d'État. Rien ne me fut épargné du protocole. L'annonce de la fusion Endless-Google sous le nouveau nom d'Endless m'avait précédée de quelques jours. Williamson, qui présidait les États-Unis, m'attendait en bas des marches. Elle résultait d'un savant mélange entre Afro-Américain, Mexicain, Chinois et Blanc. Son grand-père blanc avait été fameux pour son action en faveur de la suprématie blanche mais ses pulsions sexuelles l'avaient poussé vers une femme noire, ce qui après réflexion n'était pas tout à fait contradictoire s'il envisageait la sexualité comme une des formes de la domination d'une race sur l'autre. Samantha Williamson était l'épouse du précédent président, Donald Williamson, auquel elle avait succédé naturellement, réunissant autour de son prénom plus de voix que son mari n'en avait réuni autour de son nom. Comme lui, son élection s'était faite en étroite collaboration avec Google qui avait été capable de lui synthétiser la pensée, la volonté, l'espoir de chaque électeur du pays auquel elle avait fait semblant de répondre. Google avait contribué significativement à son élection, ce que j'avais appris en détail. L'analyse des données avait démontré à la fin de son premier mandat que Donald Williamson n'était pas assez populaire pour espérer être réélu. En revanche sa femme, qui n'était alors que la première dame, rassemblait plus de voix mais tout de même insuffisamment pour être élue. L'algorithme utilisé par Google montra que si Donald Williamson trompait son épouse avec un homme, Samantha pourrait profiter utilement de sa position de victime et l'emporter. L'opération fut montée de toutes pièces avec un homme du service de presse de la Maison-Blanche. Le scandale n'en fut pas vraiment un mais la situation créa un élan de sympathie à l'égard de celle qui fut ensuite élue assez largement après avoir révélé qu'elle avait les attributs d'un homme, qu'elle ne souhaitait pas s'en départir mais qu'elle ressentait au fond d'elle-même que sa nature profonde était celle d'une femme. Ces révélations avaient également été orchestrées par le département politique de Google qui avait été capable de prévoir le vote des électeurs à 2 000 voix près sur 200 millions. C'est ainsi que le président Donald Williamson, qui était un homme, se transforma en première dame d'une femme qui oscillait entre les deux sexes dont elle avait aboli la frontière.

Je trouvais Samantha belle, attirante et d'une intelligence supérieure à celle de son mari. Je ne parvenais pas à définir ce qui la rendait attractive à mes yeux. Après avoir serré beaucoup de mains et vu beaucoup d'hommes et de femmes s'incliner légèrement devant moi dans une déférence tout intéressée, la présidente me convia à déjeuner en tête à tête, moment de quiétude méritée après toutes ces civilités.

— Nous sommes les deux personnes les plus puissantes du monde désormais...

Elle accompagna cette affirmation d'un sourire qui tentait de démentir l'idée de compétition que comportait sa phrase. Puis elle ajouta :

— Vous avez pris de l'avance. Je vous admire, je ne pensais pas que vous procéderiez si vite et avec autant de brio. Prendre le contrôle de Google de la façon dont vous l'avez fait, c'est épatant. Des esprits chagrins voudraient faire annuler l'opération.

— Sous quel prétexte ?

— Délit d'initié. Vous avez profité d'informations que vous étiez seule à posséder pour vous emparer du géant.

— Rien n'adviendra. Les enquêteurs, les magistrats, tout le monde aura peur d'entrer dans le programme Endless par la mauvaise porte, celle qui vous laisse dehors.

— Nous avions la menace de l'arme atomique, vous avez mieux désormais...

— Je n'ai pas l'intention d'en abuser.

— Non, j'imagine, mais c'est tout de même un équilibre de la terreur. Pourquoi avoir pris leur contrôle ?

— Parce que leur action allait dans le sens de la destruction irrévocable de l'être humain tel que nous l'avons connu. À vouloir augmenter l'être de chair par des manipulations génétiques hasardeuses, par une forme d'eugénisme particulier, ils étaient en train de le diminuer, d'en faire une machine, certes intelligente, mais une machine. Et leur stratégie dans le domaine de la robotique et de l'intelligence artificielle allait aussi dans le sens de la machine suppléant à terme l'être humain. Tout cela au moment où l'être de chair est confronté à des problèmes de reproduction. D'ici à la fin du siècle cette terre n'aurait plus été peuplée que d'êtres biologiques clonés, artificiellement augmentés, et de robots plus intelligents que nous, rêvant de créer leur propre société en nous éliminant ou en nous réduisant à l'esclavage comme vos ancêtres l'ont été. En travaillant chez eux il y a plus de vingt ans, j'ai réalisé la détestation qu'ils avaient de l'être humain, de son imperfection. Ce que l'armée a développé au départ comme un système de communication nouveau, vous, les Américains, en avez fait une nouvelle révolution digitale et le fer de lance d'une nouvelle économie où vous entendiez garder le monopole. Mais voyez Google, aujourd'hui, ce n'est plus une entreprise américaine même gigantesque, c'est un État, auprès duquel d'autres États diligentent des ambassadeurs et il y a bien longtemps déjà que les autorités chinoises voient dans Google un interlocuteur plus conséquent que le gouvernement américain lui-même. Vous ne pouvez pas gagner une élection sans eux, vous ne pouvez pas gouverner sans eux.

« Mon père me citait toujours cette phrase attribuée à Albert Camus : "Être un homme c'est savoir s'empêcher."

La présidente eut un léger recul de la tête comme si la formule l'avait frappée sans pénétrer son esprit. Je repris :

— Vous avez voulu faire croire à votre foi en Dieu alors que vous ne croyiez qu'en l'argent et vous avez entraîné le monde derrière vous dans cette géante hypocrisie. L'hystérie dans laquelle nous a plongés la mondialisation a multiplié la production de produits chimiques par 300 entre 1970 et 2010, par 1 000 depuis. Nous avons tellement modifié notre environnement que nous sommes contraints de nous modifier nous-mêmes pour survivre à ce nouvel environnement. J'ai tué tous les secteurs économiques qui ont contribué à cette débâcle écologique et je ne le regrette pas.

À ce moment de la conversation l'entrée fut apportée par le maître d'hôtel. Je déclinai d'un geste de la main.

— Vous ne mangez pas ? demanda la présidente intriguée.

— Non. Ni ne bois, ni ne rejette quoi que ce soit.

— C'est vrai, j'avais oublié. La cuisine doit vous manquer, vous qui êtes française.

— J'aimais cuisiner, je vais continuer à cuisiner pour mon mari et lorsqu'il mourra pour renaître, il sera temps de nous débarrasser de nos livres de cuisine.

— Et pour, comment dire, pour le sexe ?

— Rien ne change. L'appareil sensoriel fonctionne à l'identique, la seule différence, mais de taille, c'est qu'il n'y a plus de limites.

— Remarquable. Et vous dormez ?

— Non, je n'en ai pas l'utilité. Non seulement la vie est sans limites dans sa durée mais chaque jour compte double.

— Que faites-vous la nuit ?

— Je lis, je travaille.

— Vous ne m'avez toujours pas parlé des critères pour profiter d'Endless.

— La première condition, c'est d'avoir transmis suffisamment de données. Il faut des milliards de données sur un individu pour être capable de le reproduire à l'identique dans tout ce qui fait son être, pas seulement ses capacités intellectuelles mais aussi ses connexions neuronales, sa sensibilité, son âme. Nos algorithmes en sont capables.

— Ensuite, il faut beaucoup d'argent n'est-ce pas ?

— Détrompez-vous ! Ce ne sera pas un critère discriminant.

— Alors ?

— Des aptitudes à la vie collective, des qualités morales.

— Vous allez décider seule desquelles ?

— Non, les critères seront établis avec l'aide de mes collaborateurs et eux seuls et un algorithme décidera ensuite des personnes décédées qui mériteront de revenir au monde en prenant en compte des facteurs qui ont pu impacter des individus, en particulier les traumatismes de l'enfance qui peuvent pousser quelqu'un dans la mauvaise direction. Mais ce que nous observerons en priorité, c'est l'effort qu'aura fait chaque personne en faveur du respect de l'environnement, si elle aura œuvré pour la planète en réduisant ses émissions, son train de vie et il n'est pas difficile de le calculer. Certains individus s'octroient le droit de vivre comme dix, parfois cent individus avec une arrogance et une insolence qui va enfin trouver sa juste punition, le terme normal de leurs vies inutiles. Nous formons mes collègues et moi une communauté, nous vivons ensemble cachés dans une sorte de clandestinité depuis vingt-cinq ans, et nous ne laisserons personne nous dicter nos critères.

— Et Google ?

— Google ne s'appellera plus Google mais Endless et le siège de la société sera établi en Islande sous forme de principauté.

— Pourquoi l'Islande ?

— Parce que les Islandais nous ont accueillis et protégés depuis le début et qu'il y fait encore suffisamment froid, en tout cas pour le moment. Le réchauffement continue à s'accentuer. Bientôt nous devrons migrer plus au nord. Il fut un temps où les États-Unis avaient encore un vrai leadership, une autorité « morale » mais surtout militaire et la possibilité par la conviction autant que par la force d'imposer des changements. À la fin des années 2010, le constat érigé par la communauté scientifique internationale était unanime, nous allions vers un réchauffement climatique qui annonçait une situation de plus en plus critique pour notre planète et pour l'humanité et il était incontestable que notre incontinence économique en était le principal facteur. Une grande majorité des individus n'y croyait pas ou tout au moins ne voulait pas voir son mode de vie affecté. Il y a quelque chose en nous d'animal qui nous pousse à la réduction de notre champ de conscience pour protéger nos habitudes. Mais la grandeur d'un homme politique c'est justement de faire croire à son peuple qu'il est grand et de le convaincre que l'intérêt général n'est jamais la somme des intérêts particuliers. Churchill l'a fait, Kennedy l'a fait, et de Gaulle aussi. C'était d'autant plus culotté pour de Gaulle que la France sortait d'une période de son histoire où elle avait montré une affligeante bassesse. Quand Donald Trump, « le Peau-Rouge des Blancs suprémacistes », est élu c'est tout le contraire qui se produit. Il flatte les instincts les plus vils d'une partie considérable de ses concitoyens. Tout ce qui baigne, saumâtre, dans leur âme, il l'exalte. C'est moins à l'Amérique qu'il veut soi-disant redonner sa grandeur qu'à beaucoup de pauvres gens floués depuis des siècles par des imposteurs comme lui. Nous sommes nés vous comme moi pendant son premier mandat. Tout avait commencé par une blague. Un énorme travail de communication était parvenu à faire passer les échecs de cet homme d'affaires véreux pour un exemple de la réussite américaine. Incapable de développer sa fortune comme l'avait fait le père Kennedy ou Rockefeller avant lui, il avait caché ses déboires en cédant la plus grande partie de ses actifs pour n'être plus au final qu'un nom et une promesse, celle de transformer un escroc de l'immobilier devenu présentateur de télé-réalité en président de la première puissance mondiale. Et tout cela à un tournant de l'histoire mondiale où pour la première fois il est devenu évident que notre espèce courait à sa perte par l'effet de sa propre action sur son environnement. L'heure était grave, mais lui voulait s'amuser avec son nouveau jouet. Trump est devenu président sans y croire, bien aidé par son allié Poutine qui avait torpillé la campagne de sa concurrente, Hillary Clinton, dans l'espoir d'aider à installer à la Maison-Blanche un de ces mafieux affairistes très « tendance » à l'Est. On a dit à l'époque que Poutine avait fait filmer le futur président lors d'ébats dans un hôtel à Moscou où des filles payées pour cela satisfaisaient son fantasme d'être dégradé en se faisant uriner dessus, pratique connue sous le joli nom de *golden shower*. *News* ou *fake news*, peu importe, chacun éteint ses incendies comme il peut. D'incendies, il en est justement question quand la Californie dévastée par la sécheresse se met à brûler. Des milliards d'hectares de forêt calcinés. Les signes annonciateurs de la catastrophe sont tangibles mais Trump ne veut rien savoir, il a converti son égoïsme foncier en doctrine politique, le moi d'abord, l'Amérique d'abord, qu'il claironne comme une rengaine de sénile qui s'accroche à quelques idiomes devant l'évaporation définitive de son vocabulaire. Le climatosceptique le plus puissant du monde va plus loin. Pour conjurer les feux de forêt, il recommande de couper tous les arbres de Californie et d'ailleurs. Et devant les preuves tangibles de la montée des océans, il préconise quelques mois plus tard des explosions atomiques sous-marines d'une ampleur inégalée jusqu'ici pour percer la croûte de la Terre et y créer une faille gigantesque qui absorbe la fonte des eaux des pôles. Il se réjouit de faire ainsi d'une pierre deux coups, l'eau ainsi précipitée aux tréfonds de la terre permettant de refroidir le magma souterrain et d'empêcher les éruptions volcaniques. La farce aurait pu continuer ainsi, alimentée par de brèves nouvelles quotidiennes sur la folie du roi Donald, si elle n'avait été brutalement interrompue par un événement aussi dramatique qu'imprévu lors de son second mandat. Trump s'était invité en Europe pour aider à la promotion d'un pesticide mis au point par une entreprise américaine, le Kill Fast, le réchauffement ayant causé le développement de moustiques de plus en plus agressifs. Un produit aussi représentatif du génie américain que peuvent l'être Coca-Cola, McDonald's, et KFC, qui peuvent se vanter d'avoir fait entrer le peuple américain d'abord puis celui de toutes les nations civilisées dans l'ère de l'obésité heureuse. Le rachat de la firme chimique Monsanto par Bayer, le géant allemand, quelques années plus tôt l'avait beaucoup contrarié et il travaillait seul et obsédé comme il avait l'habitude de l'être au retour d'un produit phare dans le giron de l'industrie américaine, celui de la firme Dow Chemical, qui avec le napalm avait su en son temps convaincre les Vietnamiens de la qualité du *made in America*. Comme à son habitude « le grand joufflu rouge » ou « le Peau-Rouge des Blancs », comme l'appelaient affectueusement les Amérindiens qui devaient leur survie à ce que Trump n'ait pas été président des États-Unis à la fin du XIXe siècle, voyagea à bord d'Air Force One. À l'arrivée, respectant le protocole, Trump sortit de l'avion en empruntant la passerelle, sa femme à son bras. Alors que le couple présidentiel avait descendu quatre marches, une bourrasque de vent décoiffa subitement le président qui lâcha la rambarde pour remettre de l'ordre dans son emblématique toison. Mais au même moment il glissa. Il voulut se rattraper à la première dame qui le lâcha, officiellement pour ne pas être emportée dans sa chute qui advint tragiquement en plusieurs roulades. Au terme de celles-ci, le président se releva dans un réflexe de contenance compréhensible avant de retomber, terrassé par un hématome interne lié à sa chute. Il perdit conscience et resta dans le coma deux jours qui permirent aux médias de faire leurs meilleurs chiffres depuis l'assassinat de Kennedy. Jamais le spot d'annonce publicitaire n'avait coûté aussi cher alors que le monde entier retenait son souffle. Le président finit par sortir du coma. Un nouveau suspense reprit, celui de savoir si Trump serait en mesure de poursuivre son mandat. Quelques semaines plus tard, on publia l'information selon laquelle une IRM pratiquée sur Trump avait révélé l'absence de matière cérébrale entre ses deux oreilles mais la présence de coton, un coton très ancien cueilli par des Noirs d'Alabama. Quand il fut désormais patent que le « twitteur fou » ne pourrait pas plus diriger le pays que sa vessie, la polémique fit rage autour des images de la chute du président. À l'évidence, sa femme n'avait rien fait pour empêcher sa chute. Au contraire, un ralenti passé en boucle un milliard de fois montrait qu'elle avait non seulement retiré le bras auquel son mari en péril voulait s'accrocher mais, comme un joueur de football qui s'aide discrètement d'une main pour dévier un ballon, qu'elle l'avait tout aussi discrètement repoussé. Ce geste réflexe était-il tout simplement l'acte manqué d'une femme trompée, humiliée, bafouée en réponse aux révélations successives sur la sexualité un peu désespérée de son époux, nul n'était capable de l'affirmer. Désormais perdu dans les nimbes de son accident cérébral, Trump réussit à éviter toutes les poursuites judiciaires dont il faisait l'objet. Des complotistes allèrent jusqu'à imaginer qu'il simulait son état avec la complicité des médecins. D'ailleurs, ma thèse circule selon laquelle l'opportuniste amuseur politique avait profité de circonstances réelles, son accident de passerelle, pour quitter habilement des fonctions qui ne le distrayaient plus.

Elles ne l'avaient d'ailleurs jamais vraiment amusé. Trump en se présentant avait voulu faire la preuve que le populisme nauséabond à pensée réduite qu'il représentait était une formidable opportunité de faire croire à une classe populaire lésée depuis longtemps aux États-Unis qu'elle était représentée pour de bon et qu'elle allait pouvoir s'exprimer librement en insultant quelques boucs émissaires qui lui étaient désignés. Tout cela pour la plus grande satisfaction des groupes industriels qui en ont fait leurs marionnettes. Et voilà ces honorables chrétiens, réunis en paroisses, congrégations catholiques, luthériennes, évangélistes, multiples branches issues du même arbre, foulant résolument le Livre sur lequel leur président a juré et où il n'est question que de bienveillance et d'ascèse. Eux se bâfrent jusqu'à l'obésité, se font vomir après avoir profité de la journée portes ouvertes du McDo de leur bourgade qui leur tient lieu de centre culturel. Ils rentrent à la maison repus, prennent leur insuline et se couchent en attendant de retourner aux champs, le jour suivant, lui-même suivi de jours suivants à travailler leurs vastes étendues de maïs sur les bords du Mississippi qui se gonfle des eaux putrides de leur culture, des engrais, des pesticides qui se répandront dans le golfe du Mexique jusqu'à faire de cette mer une mer morte. Le peu de culpabilité qu'ils éprouvaient à vivre à l'inverse de tout ce qu'enseigne le Livre, Trump les en a débarrassés, mais ils persistaient à arpenter leurs églises pour rassurer on ne sait quelles superstitions alors qu'ils n'ont depuis longtemps qu'un seul dieu, celui du marché. Le pillage décomplexé des ressources de la planète est arrivé au moment où l'on en avait le moins besoin, où le pétrole revenait à la mer sous forme de bouteilles en plastique rejetées par les fleuves du monde entier, créant une masse flottante immonde, où des pans entiers de la banquise se détachaient pour se fondre dans les océans. Alors que la planète courait à sa perte, la bêtise gigantesque et assumée des négationnistes du climat sombrait dans la béatitude. L'élection d'un président de la même veine tragicomique au Brésil à la même époque eut raison ensuite du poumon du monde, la forêt amazonienne, et nous en vivons aujourd'hui les conséquences.

Samantha m'avait écouté, amusée. Comme nombre de gens de son âge formés à l'impulsion numérique elle souffrait de la maladie du siècle, une dyslexie de l'espace et de la chronologie. Si elle était capable de désigner la place des États-Unis sur une carte sans recourir à un GPS, replacer Trump dans la chronologie des présidences successives lui demandait un effort particulier. Mais on ne lui avait certainement jamais jusqu'ici présenté le mandat de Trump comme la période de l'apogée de la gloutonnerie et de l'asservissement des individus à leur industrie. L'Amérique, pour la première fois de son histoire, avait accepté d'être elle-même, résolument, sans effort d'apparence, de dissimulation, dominatrice, péremptoire et méprisante.

La présidente se mit à déjeuner en ponctuant chaque bouchée d'un sourire plein de douceur.

— Pourra-t-on accéder au programme Endless de son vivant?

— Non, répondis-je catégoriquement. Je l'ai fait pour moi-même afin de prouver au monde entier que nous avions réussi. Mais désormais chacun devra attendre sa mort pour espérer ressusciter. Ce n'est pas très différent du sort dévolu aux croyants, mourir dans l'espoir de la résurrection et la vie éternelle.

— Les gens connaîtront-ils vos critères d'adhésion au programme ?

— Oh ! oui, bien sûr. Nous allons éditer un livre.

— Un nouveau nouveau testament ?

— Oh non, les immortels ne font pas de testaments.

— Mais cette éternité reste aléatoire, que se passe-t-il si un missile désintègre un corps « Endless » ?

— Nous possédons les données sur la personne. Il nous faudra quelques jours pour la reconstituer à l'identique.

— Et si votre base de données est détruite ?

— Nous ferons en sorte qu'elle ne puisse l'être.

— Pouvez-vous modifier la personnalité des adhérents au programme ?

— Techniquement oui mais nous nous interdisons de le faire. Nous ne ressusciterons que des individus dont nous pensons qu'ils ne nécessitent pas d'être modifiés.

— Et les autres ?

— Ceux qui ne mériteront pas le programme pourront continuer à vivre et à se reproduire, s'ils y parviennent. Leurs enfants, s'ils en ont, pourront postuler à leur tour pour le programme s'ils s'avèrent meilleurs que leurs parents. Mais nous pouvons nous le dire entre nous, la reproduction telle que nos ascendants l'ont connue, c'est fini. L'homme divorce de la biologie.

La présidente me regarda fixement puis baissa les yeux avant de parler.

— J'espère que dans vos critères de sélection, vous allez respecter un équilibre des races.

— Je n'ai pas réfléchi à la question.

Le premier homme, époux de la présidente, ancien président lui-même, est entré, un large sourire fabriqué découvrant des dents trop blanches pour son âge. Il portait un pantalon blanc surmonté d'un blazer bleu nuit croisé sur le devant orné de boutons dorés où de petites ancres de marine étaient finement sculptées. Il sentait le parfum plus que mon odorat ne pouvait le supporter. Ses cheveux épars rabattus soigneusement de l'arrière du crâne sur le dessus de la tête peinaient à dissimuler sa calvitie. Son teint pigmenté de taches épaisses était ponctué de deux petits yeux marron. Sa femme l'invita à s'asseoir.

— J'ai devant moi les deux personnes les plus puissantes de la planète n'est-ce pas ? La question est de savoir qui est ou qui sera la plus puissante demain.

La présidente éluda la question.

— Ce n'est pas comme cela que nous avons abordé le problème.

Il me fallut ensuite répéter à cet homme qui se voulait affable tout ce que j'avais expliqué à sa femme. Il sembla très impressionné ou il fit mine de l'être. Mais très vite, il en vint à l'essentiel de ce qui le concernait.

— Pensez-vous que je sois éligible à Endless ?

Je fis diversion dans un premier temps.

— Je n'ai pas connaissance de vos données donc il m'est difficile de me prononcer mais c'est un algorithme qui décidera.

— Et comme ça, au jugé, quel serait votre pronostic ?

Je me mis à scruter le sol où m'apparut un tapis épais, chargé, que je n'avais pas vu jusque-là. Puis je relevai la tête d'un coup.

— J'ai bien peur que vous ne soyez pas retenu.

Il fit un bond sur sa chaise.

— Vous plaisantez j'espère. Vous imaginez avec la fortune que j'ai, je pourrais me payer plusieurs résurrections si je voulais.

— C'est bien là que les choses changent, c'est la fin de l'ère de l'argent tout-puissant. Endless n'est pas un nouveau marché qui viendra supplanter tous ceux qui se sont écroulés dès sa révélation aux marchés financiers. Cette dictature de l'argent est terminée. Elle a conduit à notre faillite écologique. Je crois que votre mandat a été un des plus calamiteux depuis celui du président Trump. À votre tour vous avez sollicité le pire qui sommeille chez les individus. Vous avez déjà votre place dans l'Histoire, probablement pas la meilleure, je ne vois pas où elle serait dans l'éternité. Quand on a eu le pouvoir que vous avez eu et qu'on en a usé de la sorte, comment prétendre perdurer dans un être si profondément corrompu ?

Son visage empourpré disait tout de la violence qu'il contenait. Je poursuivis :

— Vous seriez encore président, vous auriez certainement envoyé quelques missiles détruire nos installations mais je vous rassure, nous sommes plus intelligents que cela, tout est sauvegardé aux quatre coins de la planète et tellement miniaturisé qu'il est impossible de s'en emparer. Et me tuer ne servirait à rien.

À présent il fulminait :

— Vous devez être bien sûre de vous pour vous adresser à moi de la sorte.

Il se leva.

— Je prends acte, mais la roue tourne, vous savez...

— Je sais surtout qu'elle ne tourne pas rond.

Il quitta la pièce sans un mot et sans empressement pour ne pas laisser paraître sa colère et je crus apercevoir que son visage s'était crispé autour d'un drôle de rictus.

Les quatre ans de son mandat avaient été parmi les plus pitoyables de l'histoire américaine, sa femme le savait autant que moi.

Après qu'il fut sorti le visage sombre de la présidente jusqu'ici s'éclaircit jusqu'à s'illuminer. Je la sentis pavoiser discrètement.

— Déjà l'idée de passer mes journées avec lui jusqu'à ma mort... mais si en plus je devais le supporter jusqu'à la fin des temps...

— Il n'y aura pas de fin des temps.

— Je me comprends. Enfin, j'anticipe un peu en imaginant que vous m'avez agréée comme être élu.

— Si vous continuez comme vous avez commencé votre mandat, je ne vois pas de raison de ne pas vous compter parmi les immortelles, madame la présidente.

Elle croisa les bras et dit d'une petite voix :

— C'est donc bien vous qui avez le pouvoir.

Je répondis moi aussi à voix basse :

— Je n'ai pas l'intention d'en abuser.

Le repas terminé nous nous sommes levées, elle m'a prise dans ses bras et au moment où je m'y attendais le moins elle m'a embrassée sur la bouche avant de reculer, surprise de son audace.

— Je voulais juste savoir... Pour tout vous dire, je craignais un goût de plastique ou de je ne sais quelle matière synthétique.

— Nous avons reproduit fidèlement la texture, le goût, l'odeur.

— Quel prodige !

Depuis que la nouvelle avait fait le tour du monde, Elfar ne m'en avait donné aucune. Je le savais sur le chemin du retour. Il avait certainement vu, entendu tout ce qui se disait sur le sujet. L'emballement médiatique était à son comble et je continuais à me cacher. L'avion-hélicoptère que j'avais loué pour revenir en Islande s'était posé dans le jardin de ma propriété à l'abri des regards. Une constellation de drones de toutes tailles stationnait dans l'espace en prenant des images destinées à tourner en boucle dans les médias et alimenter la fièvre du scoop de cette avancée technologique qui allait transformer à jamais la nature humaine. Mon assistante avait décliné plus de deux mille demandes d'entretien. La curiosité à mon égard en tant que personne dont le culte commençait à se répandre dans le monde entier était à la mesure de l'attente du livre annoncé, celui dont les commandements devaient désormais inspirer le comportement et les rapports humains pour ceux qui voulaient prétendre à l'éternité. Déjà on me vénérait et des communautés se créaient pour prier pour moi, sauveur de l'humanité, pendant que des intégristes religieux furieux de perdre leur fonds de commerce brûlaient mon effigie en proférant à mon égard des menaces de mort sans réaliser à quel point cette vindicte était devenue désuète. Ils n'étaient qu'une poignée à s'accrocher à leurs vieilles croyances, même si je n'avais pas résolu la grande énigme de la création du monde et de son caractère apparemment infini. Une conquête de l'Univers paraissait désormais possible. Nous allions pouvoir prospecter bien au-delà de notre galaxie, là où entre torpeur et violence, l'Univers s'anime offrant des planètes souvent désolées où les températures extrêmes sont portées par des vents puissants. Sans limites physiologiques, l'homme pouvait se préparer à errer sans fin dans l'espace, goûter à une forme de liberté hors du champ gravitationnel et se prêter insouciant à l'apesanteur, état auquel la fin de la mort, cet allègement substantiel, l'aurait déjà préparé. Je concevais cette odyssée différemment de toutes les entreprises humaines de découvertes recensées jusque-là, dont le seul objectif était de s'approprier de nouvelles richesses, de nouvelles matières premières. Les grandes explorations menées jusqu'ici avaient largement dépassé le cadre de la curiosité scientifique pour se réduire à trouver de nouvelles planètes susceptibles de satisfaire notre cupidité. Dans les années 2000 certains s'étaient essayés à comparer le niveau de vie des Occidentaux et à l'évaluer en nombre de planètes consommées. Il en fallait plusieurs pour satisfaire la névrose obsessionnelle d'une civilisation exclusivement matérialiste, fétichiste, où l'objet, ce prolongement de la main et du cerveau, prenait des formes infiniment variées, il en fallait plusieurs et nous n'en avions trouvé aucune. Marcher sur Mars, explorer la planète rouge ne nous a rien rapporté d'autre que la confirmation que la vie résultait d'une suite d'événements improbables. La disparition de la vie montrait de plus fortes probabilités, ce qui en faisait une toute petite chose fragile comme une fleur de printemps. La nature avait longtemps menacé l'homme par l'infinité de virus et de bactéries qu'elle convoyait, le réduisant à une précarité inacceptable pour une conscience aussi développée que la sienne. De s'en défendre, il en était venu à la détruire à partir du XXe siècle qui avait sonné le glas de l'intégration de l'homme à son environnement, et tout cela dans une accélération spectaculaire. L'exploration de l'Univers par des individus immortels insensibles aux rayonnements promettait d'en savoir plus sur la vie et les conditions dans lesquelles elle s'était formée ici ou là, dans l'une des planètes des milliards de galaxies qui formaient un cosmos en expansion. Peut-être quelque part, l'évolution de la vie avait-elle aussi conduit à une forme de conscience, et je brûlais de savoir si d'autres cas de conscience avaient conduit au même phénomène unique à ce jour d'autodestruction.

On a longtemps vécu sans connaissance ni preuve que notre planète avait déjà connu plusieurs extinctions. Le plus surprenant est de constater que de l'avoir appris n'a rien changé à notre marche vers la ruine. L'homme, pourtant si bavard, ne tire-t-il donc jamais aucune leçon de rien ?

La haine à mon égard montait aussi chez les victimes de la crise financière affectées par des marchés rendus obsolètes à terme. Le programme ne s'appliquant qu'à des personnes décédées, cette obsolescence serait progressive sur un demi-siècle mais il devenait incontestable qu'à cette échéance peu d'individus continueraient à se nourrir, à boire, à se chauffer, à utiliser la climatisation, à dormir et que ces secteurs économiques s'en trouveraient bouleversés jusqu'à leur disparition annoncée. « Vous avez fait du marché un serpent capable de toutes les contorsions, vous l'avez vénéré jusqu'à vous en rendre l'esclave, mais tel le dompteur qui affirme son pouvoir sur le plus terrible des animaux, il n'est jamais exclu que ce dernier ne se retourne contre celui qui a voulu le soumettre. Vous avez vénéré la croissance, vous connaîtrez la décroissance et l'extinction. » Par communiqués, sans jamais apparaître, je prophétisais le chaos, celui qui précède un nouvel ordre que personne n'était capable de se figurer. N'est prophète que celui qui sait distiller la crainte autant que la gratification.

La mutation de l'homme de la matière vivante vers la matière inerte, tellement inerte qu'elle ne peut pas mourir une seconde fois mais au contraire concourir à une nouvelle vie, était prévisible dès les premiers travaux sur l'intelligence artificielle même s'il s'est avéré que reconstituer le cerveau dans toute sa complexité a pris plus de temps que prévu. Blaise Pascal, dont le génie m'a toujours accompagnée, distinguait chez l'homme « l'esprit de géométrie », englobant peu ou prou toutes les fonctions rationnelles, de « l'esprit de finesse », qui s'ouvrait sur l'art, la sensibilité, la spiritualité et concourait directement à la formation de l'âme d'un individu, ce qui en faisait son charme et son caractère unique. Reproduire l'esprit de géométrie n'a pas été le plus compliqué. C'est à cet exercice que se prête le mieux l'informatique. L'esprit de finesse s'est révélé un mur auquel nous nous sommes heurtés mes collaborateurs et moi pendant vingt-cinq ans, d'autant plus que j'exigeais qu'un individu soit dupliqué à l'identique, que son double en matière minérale soit une sorte de clone de l'être de chair dans l'absolu respect de ce qui faisait sa spécificité. Le clone biologique est un leurre car s'il reproduit les cellules, il n'est pas capable de retracer le parcours de leur interaction, en particulier celle qui conduit à la formation de l'inconscient qui règne en maître sur le cerveau. C'est en cela qu'il nous fallait tous les éléments, toutes les données qui ont concouru à la formation de l'inconscient de chaque individu, connaître chacune des informations qui en plus du caractère génétique avait contribué à la personnalité de l'enfant, cet être qui absorbe, engramme, subit sans jamais répliquer, sans jamais expulser sa douleur qui se transforme en traumatisme irrémédiable. Cette contrainte nécessitait de tout savoir sur cet individu essentiellement dans sa relation à ses parents et à son environnement humain, ce qui demandait un travail gigantesque de traitement de milliards de données liées à l'individu cible mais aussi à tous ceux qui l'avaient approché de près ou de loin. Une fois reconstitué, reproduire les effets de l'inconscient sur le conscient et la volonté de l'individu s'est avéré plutôt simple. La réaction aux tensions ou aux traumatismes de l'enfance et au conditionnement du milieu diffère d'une personne à l'autre mais pas assez significativement pour remettre en cause nos modèles. Travailler sur « l'esprit de finesse » nous a révélé le peu de liberté dont dispose chaque individu profondément déterminé dès son enfance par son environnement familial et social, conditionnement qui apparaît le reste de sa vie comme un objet de convoitise pour tous les manipulateurs de goût et d'opinion. La recherche médicale nous a également aidés à comprendre que les traumatismes petits ou grands souvent fondateurs de la personnalité modifiaient biologiquement le fonctionnement cérébral, conduisant à une faible porosité de la psychologie aux traitements non chimiques. Il nous était possible de simuler l'effet de ces traitements chimiques et même d'aller plus loin en gommant purement et simplement les effets des traumatismes les plus douloureux mais là encore nous nous heurtions à notre éthique qui consistait à reproduire les individus à l'identique. J'ai vite réalisé qu'un artiste se distinguait par une réaction créative à ses traumatismes amplifiée par des connexions favorables de ses neurones. Malheureusement il nous était impossible de ramener à la vie les individus ayant vécu avant la collecte massive des données, sinon j'aurais rêvé de pouvoir analyser comment s'était formé le génie de Bach, de Van Gogh, de Purcell, de Picasso ou encore de Vivaldi et de milliers d'autres artistes remarquables.

Nous ne pouvions pas ressusciter des personnalités approximatives, raison pour laquelle ne pouvaient prétendre bénéficier du programme que les individus ayant tout au long de leur vie émis assez de données pour restituer la complexité de leur profil. Des milliers d'êtres exceptionnels qui avaient résisté aux géants du net en protégeant leurs données personnelles allaient payer le prix fort pour leurs convictions, ils s'étaient condamnés à s'éteindre avec leur corps biologique et nous n'y pouvions rien. Alors que les personnalités les plus influençables s'étaient soumises de bonne grâce, presque frénétiquement à la collecte des données, remplissant ainsi le premier critère à leur éligibilité à l'éternité.

Il en allait ainsi pour Elfar. Secret, souvent fermé, il a toujours réduit au minimum ses émissions de données comme d'autres réduisent leurs émissions de CO_2. Dès notre rencontre je savais où mon projet menait mais je n'ai pas voulu rompre l'engagement qui soudait notre équipe de ne jamais rien dévoiler, pas plus à nos conjoints qu'à d'autres personnes. Malgré cela j'ai tenté de pousser Elfar à émettre plus de données sous mille prétextes fallacieux mais il a toujours refusé cette surveillance de son quotidien, de ses émotions, de son intimité physique autant que psychique. Ni puce, ni montre connectée, ni miniélectrodes, ni GPS, il n'a jamais voulu se plier à cette injonction de la modernité, pas même pour le bien de sa santé. J'ai appris ensuite que ces dispositions n'avaient fait que renforcer le contrôle exercé sur lui par les services de renseignement qui ont été alertés par cette façon qu'il avait de refuser la transparence, de s'opacifier. Son cas n'était pas isolé. Au-dessous d'un certain niveau d'émission quotidienne de données, une présomption de marginalité s'établissait automatiquement, relayée par une présomption de dissidence, de mauvaise intention. Toute forme de discrétion devenait instantanément suspecte. Sans doute, dans son dos, Elfar a-t-il fait l'objet d'une enquête pour déterminer si sa faible émission de données signifiait qu'il préparait un coup ou s'il négligeait simplement cet aspect des choses ce qui le classait de toute façon comme une personne à part.

Nous nous sommes retrouvés juste après mon voyage éclair aux États-Unis qu'il avait suivi de loin, irrité par cette brusque et délirante notoriété qui conduisait les médias à ne parler que de moi. Certains d'entre eux étaient parvenus à le localiser en espérant le voir s'exprimer sur sa qualité d'époux de la prophète devenue en l'espace de quelques heures la femme la plus riche du monde. Notre fortune équivalait désormais au PIB cumulé de plusieurs grandes nations mais je n'en avais que faire, seul comptait le grand dessein.

Pas une heure ne s'écoulait sans qu'une information me concernant n'inonde les réseaux sociaux et j'avais obtenu du gouvernement islandais que les médias soient refoulés de la zone qu'occupaient notre société et notre domicile. Les invitations de chefs d'État me parvenaient par dizaines. Je commençais à ressentir cette impression commune à tous les hommes et les femmes soumis subitement aux affres de la notoriété, dépouillés d'eux-mêmes pour devenir l'objet de projection du délire d'anonymes.

De retour dans ma maison perchée sur la falaise, la paix intérieure est revenue peu à peu, comme si des milliers d'éclats de ma personnalité se rassemblaient sous l'influence d'une force gravitationnelle. L'image de ces météorites divaguant dans l'espace pour s'agréger en planètes m'est aussitôt revenue à l'esprit. Tout allait concourir désormais à ne plus m'appartenir et j'allais devoir jouer ce rôle. Je n'en avais pas la moindre envie même si l'exécution de la seconde partie de mon plan l'exigeait.

Je redoutais ce moment où Elfar allait me découvrir dans ma nouvelle enveloppe et ma crainte, je ne vous le cache pas, était que l'alchimie du désir, émoussée déjà entre nous depuis un moment, ne vienne à s'éteindre complètement au point que je lui devienne tout à fait étrangère. Le calme merveilleux qui nous entourait dans cette maison que nous avions voulue l'un comme l'autre ajouta à la gêne. Il me regarda comme une tout autre personne, il avait de bonnes raisons de croire que je l'étais devenue. J'avais rajeuni. Le programme prévoyait que les postulants puissent choisir l'âge auquel ils voulaient renaître mais l'apparence physique ne pouvait pas s'éloigner radicalement de la maturité de la personne. Vouloir renaître sous les traits d'un enfant de huit ans relevait du ridicule et de l'immaturité et nous ne souhaitions pas voir ce genre d'individus nous rejoindre. De toute évidence, nous n'allions pas tarder à l'annoncer, la futilité et la bêtise allaient être proscrites de la nouvelle humanité. J'avais choisi l'âge de l'épanouissement, quarante ans, et l'équilibre qui était le mien désormais m'assurait de passer les centaines de prochaines années en toute sérénité.

Je m'attendais à une forme de réprobation de sa part mais pas à cette colère sourde qu'il nourrit contre moi.

Il me reprocha d'avoir tout fomenté dans son dos, de ne jamais l'avoir informé de mes recherches mais surtout de leurs conséquences qui allaient bouleverser nos vies, nous propulser dans la lumière, lui qui ne rêvait que d'ombre, de recoins, d'oubli.

— Rien ne va changer Elfar, nous allons continuer à vivre en Islande comme avant. Je ne veux rien changer à ton environnement et à tes travaux de recherche.

Les yeux d'Elfar étaient de plus en plus sombres. Il soupira longuement.

— Te rends-tu compte des ennemis que tu t'es faits en quelques jours, des ennemis de toute sorte dont tu as bouleversé les habitudes, les plans ? Le renseignement, les États, les Églises, les industries ruinées, tous ces gens-là rêvent de te tuer mais ils ne le peuvent pas. S'ils ont vent que j'ai refusé de passer ma vie connecté et que me reconstituer est impossible, je deviendrai leur cible pour t'affaiblir, t'influencer, te faire chanter.

— Ils ne le sauront pas.

— Qu'importe, nous voilà tous les deux, toi immortelle vénérée et conspuée, moi commun des mortels, prince consort, first lady. Tu ne m'as jamais consulté pour savoir si je voulais de cette vie. Comment peux-tu être égoïste à ce point ?

Je me sentis soudainement désemparée par ces reproches et par ce qu'ils comportaient de vérité évidente. Mais ce n'était rien à côté de ce qui allait suivre quand il me rendit responsable du départ de notre fils et me reprocha de ne pas avoir été capable de le retrouver malgré ma maîtrise de toutes les techniques de surveillance de l'individu. En quelques secondes, il fit de moi un cordonnier pieds nus. Je dois confesser que ses reproches visant mon incompétence me blessèrent plus que ses insinuations sur mon rôle dans le départ de notre fils dont la fugue s'est transformée en disparition.

Il n'avait alors que dix-sept ans, une personnalité mystérieuse, un profond mal-être, une étrange difficulté à exister entre nous deux. Ai-je privilégié mon travail, mes ambitions à son détriment, ce qu'Elfar semblait sous-entendre ? Mais où avait-il été lui durant toutes ces années où j'avais prétendument délaissé notre fils, l'inondant du luxe et de la liberté qui étaient les nôtres sans peut-être lui accorder l'attention que mérite un enfant ? Il a fini par lâcher quelque chose de définitif à quoi j'ai été incapable de répondre.

— Maintenant je comprends pourquoi tu es obsédée par cette idée d'immortalité, tu as négligé ta descendance. Tu n'étais plus le passage d'une génération à l'autre, tu étais là pour toujours et inconsciemment tu as détruit cette descendance.

Louis avait longtemps collectionné les ours en peluche puis, les années passant, tous les objets qui le rapprochaient de cet animal d'une façon ou d'une autre. À l'adolescence, alors que l'espèce était sur le point de s'éteindre, chassée, harassée de chaleur, protéger les ours du nord de l'Amérique était devenu chez lui une obsession, son obsession, comme Elfar et moi avions les nôtres, des obsessions envahissantes qui l'excluaient. Je n'ai jamais vraiment réussi à être maternelle parce que je ne comprenais pas le concept apparemment basé sur une tendresse et un besoin de protection qui ne me sont pas naturels, je dois l'avouer. J'ai cherché à éblouir Elfar, il était l'amour de ma vie, un vrai amour, comme seuls les hasards peuvent en faire naître, et Louis est arrivé comme preuve de cet amour, comme scellement, mais il n'a pas été assez aimé pour lui-même, voilà la vérité. Il étouffait sous notre toit, alors un jour, il a disparu sans prévenir. Je sais qu'il est parti au nord et qu'il a probablement réussi à s'embarquer à Husavik sur un bateau faisant route vers le Groenland. Ensuite il s'est évaporé comme l'eau d'une bruine matinale chauffée par un soleil équatorial. Enfin, c'est ce que j'ai dit à Elfar. Au Groenland, je sais que pendant plusieurs semaines, il a tenté d'approcher des ours blancs, mais il n'y en avait plus de vivants, alors il s'est embarqué sur un bateau pour le Nouveau-Brunswick et de là apparemment, il a traversé le Canada jusqu'à Vancouver avant de remonter vers Prince Edward. Comment je sais tout cela ? Je n'ai peut-être pas été la meilleure mère au monde mais j'ai quand même fait pucer mon fils pour ne jamais perdre sa trace, comme chaque mère est en droit légitimement de le faire. Comme tous les enfants de son âge, il se filmait ou se photographiait en permanence, convaincu que l'image était la preuve de la vie, et que la trace laissée par un événement est plus importante que l'événement lui-même. Avec l'aide d'un de mes collaborateurs, nous sommes entrés dans son instrument de prise de vues. Son obsession était toujours la même, les ours. Ours noirs, ours bruns, grizzlys. En y réfléchissant avec le recul des années je crois qu'il était fasciné par l'ambiguïté de l'ours, incarnation de la tendresse pour l'enfant et tout à la fois capable de violence meurtrière. J'ai compris que le propos de son voyage était non seulement d'approcher les ours, mais de vivre parmi eux, d'être accepté par eux comme l'un des leurs. Toute son expérience tournait autour de l'idée de leur faire perdre ce qui en faisait des fauves régis par l'instinct. Ce qui, si on y réfléchit, consistait à vouloir les civiliser. L'entreprise était désespérée et dangereuse. Quand j'ai vraiment réalisé que cette sublimation de l'animal pourrait le conduire à sa perte, j'ai voulu intervenir mais il a pris la direction de l'Alaska puis de l'île Kodiak qui compte encore quelques ours, les plus grands de la planète, leur taille dépassant trois mètres. Deux jours après avoir pénétré sur l'île sa puce n'a plus émis aucun signal, pas plus que son appareil de prise de vues. Les recherches que j'ai fait immédiatement lancer n'ont rien donné, j'ai fait balayer la nature par satellite, centimètre par centimètre, sans résultat. Elfar n'a rien su de sa quête. Il l'a attendu longtemps, certain que conscient de notre inquiétude, il reviendrait s'excuser pour le poids des angoisses qu'il nous avait fait porter. Puis Elfar a pensé qu'il nous avait complètement reniés et il lui en a voulu assez longtemps pour supporter son absence. Mais depuis quelques mois Elfar s'était mis en tête que Louis était mort. Les chances qu'ils le soient étaient réunies. Moi aussi, pendant un temps, j'ai voulu entretenir une lueur d'espoir, une petite flamme assez vaillante pour ne pas m'engager dans un deuil aussi long qu'éprouvant. Mais il faut se rendre à l'évidence, la puce a cessé d'émettre comme le fait la boîte noire d'un aéronef immergé au plus profond de l'océan. Cette minuscule émettrice de données est faite pour résister aux conditions extrêmes de chaleur, de froid, de choc et pourtant elle a bel et bien cessé de fonctionner. Alors j'ai demandé à Jan, un de mes apôtres, d'essayer de se connecter à son appareil de prise de vues. Même hors d'usage, on sait aujourd'hui retrouver les signaux qu'il a émis lorsque Louis filmait et les reconstituer. L'opération a demandé plusieurs semaines. Jan m'a d'abord fait croire que des problèmes techniques rendaient impossible leur restauration. Mais je lui ai demandé de me faire confiance. J'avais envisagé le pire, le pire était arrivé, mais cela n'aurait aucune importance si nous arrivions au bout de nos recherches et nous n'en étions pas si éloignés. Persuadée de sa résurrection prochaine, j'ai regardé les images avec sérénité. Il en fallait.

Louis avait longuement filmé le site où il s'était installé. La colline descendait lentement vers une rivière peu profonde. Des rochers lisses et couverts de mousse affleuraient à sa surface. Louis avait installé sa tente à une trentaine de mètres en amont du cours d'eau. À l'évidence, sa décision de s'installer sur ce léger aplomb tenait à la présence régulière d'ours kodiak. Une femelle en particulier qu'on voyait, le nez en l'air avec ses deux oursons, rôder près du cours d'eau. Elle était d'une taille terrifiante qui aurait suffi à faire déguerpir n'importe quel individu sensé. Mais Louis restait près de sa tente à l'observer pêcher lorsque les saumons remontaient le courant épuisés pour frayer. Ils frétillaient brusquement entre de longues interruptions où ils donnaient le sentiment de reprendre leur souffle alertant l'ours de leur présence.

La femelle les fixait de ses petits yeux noirs et rapprochés pendant que ses petits se précipitaient maladroitement vers eux. Les animaux semblaient alors parfaitement indifférents à l'égard de Louis. Mieux, la femelle l'ignorait et lorsqu'elle se tournait vers lui, son regard transparent exprimait une sorte de pitié pour ce garçon qui prenait plaisir à se baigner nu, un peu plus haut dans un bras de la rivière. Les petits, intrigués, se sont approchés de lui, poussés par la curiosité mais aussitôt réprimandés par leur mère qui simulait une charge avant de s'arrêter net comme subitement prise d'absence de suite dans les idées. La famille d'ours allait et venait jour après jour. Un jeune mâle étranger avait bien tenté de se joindre au groupe et de profiter de l'aubaine mais la mère l'avait repoussé violemment en le poursuivant une centaine de mètres qu'elle avait parcourus à une vitesse stupéfiante pour son poids. Puis elle était revenue au lieu initial, bien décidée à pêcher avec ses grosses pattes armées de griffes tout aussi impressionnantes. Son désintérêt pour Louis restait inexplicable. C'est alors que le film cadré en plan très large le montre sortant de l'eau, se saisissant d'une serviette pour se l'enrouler autour de la tête. À ce moment précis, l'ours est sur la berge, du même côté que lui. Alors que Louis remonte vers son campement il tourne progressivement le dos à l'animal qui s'élance sur lui en une fraction de seconde.

Je n'ai pas regardé le film au-delà mais comment imaginer qu'il ait pu survivre à l'agression de cet animal de près d'une tonne lancé à quarante kilomètres à l'heure. La suite, ce que la bête a fait de Louis importe peu, il ne s'agissait dès lors que d'un corps sans vie.

Le chien se tenait près d'Elfar, à distance de moi, et il l'a tout de suite remarqué. Elfar ne disait rien. Après les reproches, son visage s'était adouci, retrouvant sa vraie nature perdue entre rêves, contemplation et sidération d'être entré dans une nouvelle ère de l'humanité sans y avoir été préparé alors que la femme à l'origine de cette mutation vivait près de lui dans cette grande maison prête à basculer dans un océan tumultueux. Son regard exprimait une sorte d'incrédulité. Il jetait des œillades furtives, interrogatives à mon endroit et soupirait profondément pour évacuer son inquiétude devant cette nouvelle page de l'Histoire, de notre histoire. J'ai voulu reprendre l'initiative mais il m'a coupé :

— Je suis perdu mais ce n'est pas le plus grave. Le plus grave c'est que je ne sais plus qui tu es. Une cinglée qui a concrétisé ses rêves, une visionnaire, ou la femme qui a réussi le plus grand hold-up de l'humanité.

— Le plus grand hold-up?

Elfar ne voulait pas me froisser mais il a poursuivi comme

quelqu'un qui veut se débarrasser de ses doutes une fois pour toutes.

— Qu'est-ce qui me prouve que tu es immortelle ? Rien. Qu'est-ce qui me prouve que tu es une autre personne que celle que j'ai quittée il y a quelques semaines ? Tu as rajeuni. Et alors ? Entre chirurgie esthétique et révolution de l'humanité, il y a un pas considérable. Si au fond tu n'avais pas manigancé tout cela uniquement pour prendre le contrôle de Google et faire le coup financier du siècle ? C'est malin, tu prends des positions à la baisse sur des secteurs condamnés par ton innovation et avec cet argent tu rachètes Google. Mais rien ne prouve que tout cela soit réel. Comment toi, avec ta secte, tu as pu prendre de vitesse sur le transhumanisme un géant mondial...

— Parce que nous avons travaillé dans la bonne voie. L'humanité est folle, Elfar, complètement dingue et j'ai aujourd'hui le pouvoir de la ramener à la raison. Nous nous contentons de ramener l'homme à la place qu'il n'aurait jamais dû quitter, dans un équilibre entre matérialité et spiritualité. Je ne combats rien d'autre que la folie qui est devenue la règle en discréditant toute exception. Oui je prends le pouvoir, je le prends sur ceux qui l'avaient jusque-là. C'est la fin du dieu Argent, du dieu Dollar et de tous les dieux qui nous pourrissent l'existence depuis des siècles, Elfar.

— Tu dis ça, mais tu sais très bien qu'ils te prennent déjà pour un dieu, le plus puissant d'entre tous, celui qui offre la vie éternelle. Tu n'échapperas pas à ce nouveau statut de déesse, de notoriété mondiale et je n'ai pas envie de vivre ça à tes côtés. Je ne suis pas fait pour exister dans la lumière et pardonne-moi de te le dire aussi brutalement, je ne souhaite pas faire partie du programme, j'ai bien assez de ce que je vis. Toi et moi, nous avons échoué sur ce qui est essentiel pour un être humain, la transmission. Dieu, pas toi, l'autre, Dieu seul sait où est notre fils, s'il est encore vivant ou pas, mais dans tous les cas, il nous a fuis. Éterniser deux êtres qui ont échoué le passage à la génération suivante, c'est ça que tu voudrais ? Ça n'a aucun sens, aucun. Et d'ailleurs autant te le dire tout de suite, s'il m'arrivait malheur, je t'interdis de me ramener à la vie, tu m'entends ?

— Même si je ramène Louis auprès de nous ?

Je ne m'attendais pas à être aussi directe, aussi brutale. J'ai ajouté sans mesurer la portée de mes propos :

— Louis est mort. Dévoré par un ours kodiak en Alaska, un ours qu'il a cru aussi inoffensif que les peluches qui encombraient sa chambre.

Elfar s'est affaissé.

— Tu le sais depuis quand ?

— Deux mois après son départ. Groenland, Nouveau-Brunswick, traversée du Canada, remontée vers l'Alaska puis l'île Kodiak, l'île des ours monumentaux.

— Pourquoi ne m'as-tu rien dit ?

— J'attendais de pouvoir te donner un espoir équivalent à cette horrible nouvelle.

— Tu ne pourras rien faire pour lui.

— Et pourquoi ?

— Parce que comme moi, il s'est toujours opposé à émettre des données.

— Je l'ai équipé pour émettre des données sans qu'il le sache. Malgré sa résistance, je pense que nous parviendrons à le reconstituer. D'autant qu'il est mon fils, que je connaissais intimement son esprit et les méandres de la formation de son caractère, entre la particularité de ses connexions neuronales, sa génétique héritée de nous, des microchocs de sa psychologie, de ses ressentis à notre égard quand il s'est cru de trop avec nous parce que tout était conçu pour nos entreprises, nos réussites, dans lesquelles il s'est senti coincé, refusant même de grandir, de prétendre à la taille qui était la sienne.

— Mais si la décision de restaurer des vies humaines se fait sur des valeurs, sur une humanité méritante, sur des critères objectifs et intangibles, notre fils n'y sera pas admis. C'était un enfant violent, il consumait des stupéfiants, il te détestait, il m'en voulait de te supporter. Il n'a rien fait de bien en rien. Il est devenu complètement fou en décidant qu'il parviendrait à convaincre les ours sauvages de vivre comme des peluches, de les ramener à sa propre humanité infantile. Tout cela est dramatique. Nous avons abandonné cet enfant au milieu de notre propre famille, il s'est enfui pour en constituer une autre qui l'a tué pour de bon. Ton nouveau monde ne sera pas peuplé d'adolescents comme lui.

Louis pourrait-il être accepté dans le programme Endless ? Je n'en avais aucune idée. La décision ne m'appartenait pas. Sinon nous aurions ouvert la porte au retour des vieux schémas de népotisme, de favoritisme, un risque d'autant plus élevé que nous n'étions que treize à table pour arbitrer les cas que l'algorithme dédié n'aurait pas su traiter. J'ai voulu chasser cette perspective de mon esprit. Elfar m'a rappelée brutalement à son attention par cette question déterminante de l'éligibilité au programme, qui m'avait déjà été maintes fois posée mais dont je comprenais que le sous-texte concernait la réhabilitation de notre fils.

Elfar est parti se servir une bière. Il en a pris deux en fait et les a bues d'un trait puis il m'a longuement regardée en me détaillant. Il a scruté mes yeux plus que toute autre chose puis il m'a caressé la joue avec l'extérieur du doigt, lentement. Il a tourné autour de mes lèvres comme s'il les dessinait. Cette curiosité qui animait son regard s'est subitement éteinte comme s'il ne savait quoi penser puis il a dit :

— Tu es toujours la même et tu n'es plus la même.

Puis il s'est éloigné pour contempler l'océan à qui nous devions l'un et l'autre d'avoir comblé bien des absences et des silences gênants qui d'ordinaire viennent s'échouer contre des murs chez les gens dépourvus de cette animation titanesque. Il a ensuite ouvert sa chemise pour libérer son ventre et il a quitté la pièce sans un mot.

C'est en écrivant ces lignes que je réalise que jamais personne n'avait disposé comme moi d'un tel droit de vie et de mort sur les autres. À la différence des grands dictateurs meurtriers, je n'ôtais pas la vie, je ne tuais pas, je me contentais, ainsi qu'il est prévu dans la Bible, de ne pas ressusciter des hommes et des femmes qui ne méritaient pas la vie éternelle du point de vue du texte. Il n'était simplement plus question de paradis, de Royaume des cieux mais d'une planète éternellement réservée à ceux qui la méritaient. Le paradis se trouvait bien sur Terre.

L'impatience créée par la parution prochaine de notre livre dépassait toutes les attentes littéraires connues dans le passé. Chacun devrait confronter la réalité de son existence au contenu de cet opus et serait alors en mesure de connaître ses chances d'être admis au programme Endless. Ils allaient être surpris de découvrir un texte déjà plus ou moins connu. Est-ce que j'étais sur le point d'imposer une dictature du christianisme originel ? D'une certaine façon certainement. Mais ce christianisme était loin de ceux qui s'en prévalaient, comme ma visite au Vatican l'a démontré.

Il est des lieux contre lesquels le temps ne peut rien. Aucune altération, une torpeur oppressante, voilà l'impression que me fit le siège social du catholicisme. Le saint-père m'est apparu suspicieux, dissimulant mal une sourde colère qu'il justifia d'un geste circulaire ample en me montrant la place Saint-Pierre presque vide. Seuls quelques habitués, hommes ou femmes d'un âge canonique, déambulaient à petits pas dans cet espace autrefois bondé. Des cardinaux de toutes couleurs de peau entouraient le pape. Le plus jeune avait dépassé la soixantaine et le plus vieux semblait dans un état de lévitation céleste entre vie et mort. Mêlé à des sentiments hostiles je sentis chez cette assemblée le soulagement de ma présence. L'un d'entre eux s'approcha assez près pour essayer de voir ce qui me distinguait d'un être humain, cherchant dans la texture de ma peau ou son odeur la réponse aux questions qu'il ne m'avait pas encore posées. Je lisais dans ces yeux la phrase de Baudelaire à propos du Diable : « La force du démon c'est de faire croire qu'il n'existe pas. » Le pape se mit à me parler en français avec un accent rocailleux. La vieillesse dévoile souvent ce que la jeunesse est parvenue à dissimuler. L'épine de son nez camus, ses joues creusées, ses yeux malveillants en disaient long sur son caractère. Il posait sur moi un regard scrutateur, pénétrant, et il faut bien le dire peu charitable.

— Vous prenez-vous pour Dieu madame ?

La question était assez directe et importante pour mériter un temps de réflexion. Je finis par répondre :

— Je ne crois pas très Saint-Père. Plutôt comme une nouvelle messie.

Je lui faisais remarquer en souriant que messie s'écrivant avec un e à la fin, ce mot correspondait parfaitement à un emploi féminin. J'ajoutai :

— La parole de Dieu ne peut-elle pas venir d'une femme?

Il se contenta d'une moue dubitative pour toute réponse. Son regard plein de lassitude échoua sur le parquet luisant. J'en profitai.

— Dieu n'est rien d'autre que les lois de l'Univers que nous n'avons pas été encore capables de déchiffrer. Mais comme elles nous conduisent vers l'infini, qu'il soit grand ou petit, nous ne pouvons que tendre vers Dieu. Dieu est une recherche et de mon point de vue en aucun cas un accomplissement. Avec l'immortalité nous touchons à l'infini, mais reste le sens, le sens de la vie dans un univers en expansion.

— Alors de qui êtes-vous le prophète? rétorqua-t-il sèchement.

— Je suis la prophète de la parole du Christ. Tout était dans le Nouveau Testament mais vous l'avez dévoyé au profit de l'Église et de ses combines avec les pouvoirs temporels. Vous avez laissé les puissants, les voraces, les cupides, les prédateurs se muer en ventriloques d'une religion détournée pour leur seul profit, instrument de l'asservissement des masses et des consciences. Désormais, prétendre à la vie éternelle ne sera plus une fable. Dieu et son prophète ne seront plus qu'une itération.

Mon propos fut accueilli par un gloussement ridicule.

— Vous prétendez être le prophète d'une Église que vous êtes en train de ruiner. Regardez cette place, elle est déserte comme elle l'était pendant les grandes épidémies de peste.

— Parce que c'est moi, mes collaborateurs et nos algorithmes qui décident désormais de l'immortalité de l'âme dans un corps artificiel. Vos croyants ne croient plus, n'attendent plus rien de vous, le jour du Jugement dernier est venu, ils le savent et c'est nous qui allons juger sur la base de données complexes récoltées tout au long de leur existence. Ce qui n'empêchera pas les autres, au moins pour un temps, de vivre, de mourir et de se reproduire si toutefois la baisse inquiétante de la fertilité ne le leur interdit pas.

Un cardinal aussi pourpre de peau que sa robe pouvait l'être s'approcha de moi jusqu'à m'infliger son haleine aigre.

— Quels seront vos critères, ma fille ?

— Vous le saurez bien assez tôt. Ils seront proches des Évangiles avec une touche de modernité. Le Christ lui-même ne pourrait pas les renier. Si tant est que le Nouveau Testament soit bien sa parole. Paul de Tarse et ceux qui l'ont suivi n'en ont fait qu'à leur tête. Jésus se reconnaîtrait-il dans le christianisme ? On peut légitimement en douter. Le règne de Judas tire à sa fin et celui de ses disciples avec. Vous avez livré la vraie foi aux chiens pour laisser dériver l'humanité loin de la morale fondatrice d'une religion qui avait tout pour réussir. Le dernier sursaut remonte à cent ans lorsque les jeunes de la contre-culture ont voulu restaurer le message du Christ mais là encore, usant de l'auto-absolution comme d'un viatique, vous avez laissé le monde dériver vers une destruction progressive préfigurant l'apocalypse. Vous êtes les complices de l'apocalypse qui se préparait si je n'avais pas infléchi le cours de l'humanité en revenant à la lettre du texte.

Un cardinal plus rond, plus jovial que les autres, profita de ce moment de consternation pour s'approcher de moi et me glisser à l'oreille.

— Évidemment, j'imagine que d'après ce que vous dites, nous sommes en mauvaise position pour prétendre à l'immortalité. D'autant qu'à ma connaissance, nous n'avons émis aucune donnée.

Il éclata de rire, un rire très aigu, et s'en alla se replacer derrière ses collègues.

Un déjeuner avait été prévu. On m'installa au bout d'une longue table, le saint-père à l'autre bout. La tension s'apaisa aux premières bouchées. Puis la gêne réapparut lorsque les convives remarquèrent que je ne mangeais pas. Comme lors de mon « repas » avec la présidente américaine, je dus expliquer que mes nouvelles fonctions ne prévoyaient ni le sommeil, ni la nourriture, ni déjection d'aucune sorte, ce qu'un des prélats souffrant d'une grosse prostate pesant sur sa vessie jugea bien commode. Un cardinal aux yeux malicieux qui s'était jusque-là contenté de m'observer et de sourire me demanda ce qu'il restait comme plaisirs et si ceux de la chair… Je lui confirmai que nous avions préservé le désir sexuel et le plaisir à l'identique de celui éprouvé par la personne réhabilitée, selon les mêmes mécanismes physiologiques et psychologiques que ceux qui y concouraient de son vivant. S'agissant du seul plaisir qui lui était formellement interdit, le cardinal leva les yeux au ciel. Le prélat le plus proche de moi se laissa aller à une confession selon laquelle il avait toujours craint la vie éternelle et l'ennui qui devait immanquablement l'accompagner.

Un autre prélat, qui me scrutait silencieusement depuis mon arrivée, cherchant visiblement à débusquer l'imposture ou simplement le mal qui était en moi, livra ses conclusions sans me regarder comme l'aurait fait un médecin légiste après avoir examiné un cadavre.

— Tout porte à croire, lâcha-t-il sur le ton de la confidence à ses pairs, que décidément jamais rien ne se crée d'original dans cet univers. Je me demande si comme tous ces esprits issus de la révolution numérique, elle ne serait pas une sorte de gnostique, un des premiers schismes que notre Église ait connus et vaincus.

Bien qu'il ne m'ait pas parlé de façon directe, je lui demandai de préciser, n'ayant sur le sujet des religions et de leur histoire qu'une connaissance réduite. Le cardinal aux petits yeux suspicieux répondit, toujours sans s'adresser à moi.

— Les gnostiques considéraient que les hommes sont des âmes divines emprisonnées dans un monde matériel créé par un Dieu mauvais. Ce démiurge était pour eux le Dieu de l'Ancien Testament, violent, vindicatif, querelleur auquel ils lui opposaient celui du Nouveau Testament. L'homme résultait de la chute de l'esprit dans la matière. Dans cette configuration, le Dieu bon, suprême avait envoyé le Christ aux hommes comme émissaire pour révéler aux parcelles divines leur vraie nature, les aider à retrouver leur unité afin de s'extraire du monde corrupteur. Les gnostiques réfutaient la thèse de la mort du Christ sur la croix considérant qu'il était tout simplement retourné dans le royaume divin, thèse qui autorisa ces hérétiques à rejeter la souffrance expiatrice de Jésus et sa résurrection.

Le premier cardinal enchaîna sans commentaire :

— Les gnostiques faisaient aussi de la connaissance la manifestation d'une étincelle divine. Mais je ne sais pas si comme vous, madame, dit-il en se tournant enfin vers moi, ils liaient la connaissance à l'esprit critique. J'ai lu que dans un récent entretien vous affirmez que la révolution numérique, mirage au sens platonicien, exalterait les deux pour les réduire à néant, la disponibilité infinie de la connaissance ne conduisant chacun à n'en posséder qu'une très faible partie, très parcellaire, très orientée, et à s'en prévaloir pour aiguiser un esprit critique reposant essentiellement sur des bribes de savoir compilées. « L'opinion est devenue la règle, le prolongement du moi affirmé comme valeur supérieure, créant par là même chez chacun une expertise fondée sur des allégations douteuses, parfois des mensonges, des approximations, chacun ayant la même valeur morale que la vérité donnant à chaque individu la puissance de l'inconsistance. » C'est bien cela ?

Je ne me souvenais pas de l'avoir dit mais comme je le pensais... Je dois avouer que je n'étais pas de taille à fonder une vraie discussion théologique, mes connaissances émanant essentiellement de ce que je m'appliquais à dénoncer, internet, dont mon esprit réconciliait des bribes qui s'assemblaient en donnant l'illusion d'un ordre à l'image de la plupart des esprits modernes, et je pus à cette occasion mesurer à quel point j'étais moi-même contaminée par l'imposture du savoir flottant. Je consultai rapidement mon téléphone, ce qui me permit de conclure cette conversation par une citation du Christ dans l'Évangile selon Marc, chapitre 8, verset 35 : « L'homme qui reste attaché à sa vie matérielle ne permet pas à son esprit de se libérer du royaume des "morts" ; tandis que l'homme qui offrira sa vie matérielle à l'esprit en lui par le chemin de l'Évangile, pour celui-là, l'esprit en lui retournera au royaume de la Vie divine. »

Le pape se referma sur lui-même tout au long du déjeuner. Il semblait confronté à une énigme dont la résolution était pressante. Ses yeux reposaient dans le vague sur un appui invisible, signe de son obstination à comprendre, à rationaliser le phénomène de femme qui était devant lui. Puis soudain vint la libération :

— Ne seriez-vous pas simplement une sorte de quaker, ces dissidents très anciens de l'anglicanisme à la recherche de l'étincelle intérieure, à la recherche du Christ intérieur, imprégnés de mysticisme social et politique, où la Bible compte moins que la parole du Christ, ouvert à toutes les autres sortes de religion y compris le bouddhisme, plus christique que théiste, avec une propension à l'action plus forte qu'à celle du retrait, de la contemplation et de la méditation ? Simple, sobre, sans ornement. Il fut un temps où j'ai pourfendu les quakers dont certains s'autorisaient même à ne pas croire en Dieu, vous imaginez? Ne seriez-vous pas des leurs madame? Ne seriez-vous pas convaincue au fond qu'une vie réussie est celle qui se tient éloignée de la souffrance, de la dégénérescence physique et des mirages de l'esprit qui vous y font plonger?

— Je rassemble tous les croyants de bonne foi, tous les athées qui le sont aussi, peu m'importe le label, je ne prétends pas finir sur une boîte de céréales avec un grand chapeau noir, mais contrairement à vous j'aime toutes les dissidences du moment qu'elles convergent vers des principes communs que nous rappellerons dans le livre sans qu'il soit nécessaire de les suivre à la lettre. J'espère une prise de conscience de chacun plutôt qu'une énième emprise des consciences. Je ne suis pas contre une société des amis du Christ et de l'essence de sa parole ouverte à toutes les autres religions.

— Je disais cela, reprit le pape, car je ne connais aucun autre mouvement que les quakers où l'on ait aussi spontanément permis aux femmes de prêcher.

— Je sais, d'ailleurs la première Américaine féministe n'était-elle pas elle-même quaker? Ce sont aussi les premiers à avoir voulu abolir l'esclavage. Ils ont une modestie qui les écarte très naturellement des honneurs et des récompenses, une sorte d'insensibilité à tout ce qui flatte l'ego et c'est assez apaisant. J'en ai rencontré quelques-uns quand je vivais aux États-Unis, leur mouvement est aussi ancien que confidentiel aujourd'hui, c'est sans doute dommage et révélateur de ce que la société américaine au Nord comme au Sud est devenue la proie des évangélistes, mais je compte bien les assimiler sans rien leur enlever de leur liberté.

Le cardinal dont j'avais observé les apartés avec le saint-père finit par prendre la parole en son nom pour me proposer une sorte d'autorité non exécutive sur l'Église catholique en échange de fonds qui pourraient la renflouer. La banque du Vatican menaçait de faillite, les dons se faisaient rares. Je compris à ces mots que la banqueroute menaçait, et qu'en quelque sorte on me proposait de souscrire à une augmentation de capital pour la remettre à flot moyennant autorité sur une Église renouvelée à contrecœur. Il me revint en mémoire l'époque où Google la bienveillante avait secrètement rêvé de créer sa propre Église, celle de la douce dictature du numérique, en prêchant la bienveillance et l'amour de son prochain pour autant que ses données soient revendables. Il en allait cette fois autrement, Google, à travers Endless, était appelé à soutenir l'un des plus grands pans du christianisme, les autres, toutes les Églises évangélistes, scientistes, les témoins de Jéhovah et diverses déclinaisons parfois hasardeuses n'allaient pas tarder à se faner dans ce vaste mouvement de fusion de la vraie foi retrouvée. J'avais devant moi le spectacle d'une faillite annoncée, irréversible, à moins que je ne vole au secours de cette institution critiquable autant que l'homme peut l'être quand il organise la foi. Leur piteux état m'inspira le pardon, condition de mon élévation au-dessus de leurs turpitudes ordinaires. Ces vieillards sans le moindre espoir d'éternité, coincés dans leur déguisement d'un autre temps, je les pris en pitié. Mais je ne pouvais rien faire pour eux si ce n'est accepter de renflouer l'Église pour éviter sa faillite. J'acceptai à condition qu'elle revienne à la parole du Christ.

— Je n'ai trouvé la vraie foi en Dieu que chez ceux qu'il avait abandonnés. Et j'ai trouvé cela terrifiant, raison pour laquelle il faut peut-être renoncer à cet opium, dont je comprends l'intérêt métaphorique, il faut en finir avec les contes pour enfants. C'est d'amour, de bonté, de spiritualité qu'il faut parler, qu'on en finisse avec le bien et le mal. S'il n'y a qu'une chose à retenir dans le message du Christ, c'est l'amour, et on ne le trouve nulle part chez nombre de fidèles qui se réclament de vous, la charité n'est pas l'amour, l'amour c'est le partage, le célibat n'est pas l'amour, c'est l'exclusion. Le bien, votre bien qui exclut l'amour entre hommes, entre femmes n'est pas l'amour. L'amour qui oblige une femme à garder un enfant qu'elle ne désire pas, sachant que la vie de cet enfant ne sera que peine et désillusion, ce n'est pas l'amour et encore moins le bien. Hitler pensait faire le bien. Staline pensait faire le bien. Mais aucun des deux n'a jamais montré la moindre bonté. Je veux aussi en terminer avec le célibat des prêtres et des nonnes.

Je distinguai dans le regard des prélats un curieux mélange d'inquiétude et de soulagement. Ce célibat, ils y étaient pour certains enfermés depuis près d'un siècle, rongeant leur désir comme le ferait un rat, une patte prise dans un piège, mais eux n'avaient jamais pu se libérer.

Je poursuivis d'un ton badin :

— La condition des prêtres s'est établie au XIe siècle sur

une des premières grandes hypocrisies qui, tout au long de son histoire, ont ruiné la sincérité de l'Église. Vos prédécesseurs ont maquillé le célibat des prêtres en virage vers la dévotion exclusive des serviteurs de Dieu à leur seigneur. Alors qu'en réalité, cette décision n'était motivée que par des considérations économiques. Il était plus facile à la Sainte Église de subvenir aux besoins de prêtres célibataires que de familles entières. Voilà comment l'économie se transforme en idéologie, puis en dogme. Ensuite, vous vous êtes empressés de blâmer la sodomie et évidemment l'homosexualité, ce dévoiement suprême, sans imaginer que derrière tous ces tabous, le clergé finirait par libérer ses refoulements sur des enfants. Au point que le ministère religieux attire une pédophilie endémique que vous avez couverte de la façon la plus maladroite pour certains, et pour d'autres de la plus odieuse qui soit. Pour finir, vous n'avez plus été que le refuge intermittent d'hommes et de femmes abusés par une société essentiellement financière.

Le ralliement des confessions monothéistes autres que chrétiennes n'a pas eu lieu mais, il faut bien le dire, n'avait pas de raison d'être. Chacun a gardé ses règles qui strictement observées n'étaient pas en contradiction avec les nouvelles conditions de l'immortalité. Les juifs étaient coutumiers à intervalles réguliers de cette forme d'hybridation Homme / Dieu qui avait commencé avec le Christ. Qu'une femme puisse déterminer les conditions pour accéder à l'éternité les laissa longuement circonspects, jusqu'à ce que j'en vienne à m'expliquer sur le fait que je n'avais aucune prétention théologique. J'étais avant tout la présidente d'un groupe mondial qui offrait la vie éternelle à certaines conditions comme d'autres offraient des médicaments sur ordonnance. Les musulmans firent comme si tout cela n'existait pas, ne m'attribuant aucun caractère prophétique comme ils le concédaient à Jésus, mais ne voyant aucune raison de ne pas échanger le paradis, peuplé de mille vierges ou pas, contre l'assurance technologique d'une vie après la mort. Critiques dans un premier temps, ils me témoignèrent finalement une certaine neutralité dans la distance qu'il convenait de garder avec une femme.

Les bouddhistes accueillirent la nouvelle avec le sourire. D'abord parce que les plus pieux d'entre eux n'ont jamais été connectés au point de satisfaire au programme, ensuite parce que le bouddhisme étant une philosophie du vivant, la mort n'était pas au centre de leurs préoccupations, si l'on excepte évidemment tous les bouddhistes dévoyés et parfaitement connectés qui ont compris qu'il était temps de faire tomber les masques et de se mettre sur les rangs pour rejoindre Endless. Il en fut ainsi des autres philosophies orientales qui prirent la nouvelle comme une nouvelle péripétie occidentale dont ils ne remplissaient de toute façon pas les conditions.

Des puristes de la condition humaine de toute provenance s'érigèrent contre le programme Endless, lui préférant la logique de la procréation, du passage, de la transmission. Je comprenais leur position, mais le statu quo ne réglait aucun des problèmes auxquels nous étions confrontés, de surpopulation dans des zones où la surface disponible avait été réduite par la montée des eaux. Le vieux modèle était celui de la destruction de l'environnement, de l'agriculture intensive, du vêtement sans cesse renouvelé, des déchets et toute la mauvaise volonté du monde ne pouvait rien contre son obsolescence.

En quelques semaines, Endless avait pris le contrôle de Google et de la plupart des sociétés utiles à ses projets, porté un coup fatal à l'économie qui à terme était conduite à disparaître, et fédéré autour d'elle plus ou moins toutes les spiritualités.

Je fus accueillie au pays de « la révolution à condition que rien ne bouge » comme le meilleur buteur d'une équipe de France championne du monde de football. Tout transpirait la fierté. Fierté d'avoir formé cette femme à l'école de la République pour la voir ensuite se distinguer au plus haut niveau du numérique. Le président de la République française eut pour moi ce regard extatique qui dit tout de l'admiration, de la foi inconditionnelle, du renoncement de soi au profit d'un dessein supérieur. Les yeux écarquillés, il s'avança vers moi alors qu'une foule choisie de hauts dignitaires, personnalités, scientifiques, profiteurs triés sur le volet lui faisait une haie d'honneur au bout de laquelle je me trouvais. Il me prit les mains pour ne plus les lâcher, incapable de dire un mot, des larmes perlant aux coins de ses yeux, les muscles de sa mâchoire luttant contre des sanglots. Puis il se rangea à mes côtés et souleva mon bras qui se trouvait près de lui. Il le souleva très haut, se dressant lui-même sur la pointe des pieds pour recueillir l'ovation attendue des participants à la cérémonie.

Le président appartenait à cette élite qui de génération en génération produisait des hommes à l'identique, remarquables mécaniques intellectuelles huilées à tourner dans un vide sidérant, agilités intellectuelles habituées à se confronter dans des joutes stériles qui avaient laissé sans s'en rendre compte un espace inespéré aux géants de l'internet, lesquels avaient fini par prendre avec une jouissive douceur le contrôle de cet État qui se voulait modèle dans sa morale affichée, mais le plus souvent secrètement reniée.

Le président était issu d'une aristocratie de technocrates qui gouvernait le pays depuis que la constitution de la Vᵉ République avait fait du président un monarque républicain. Président d'un pays de gens « mous et énervés », pour reprendre l'expression de Tocqueville, il passait l'essentiel de son temps à éviter d'énerver ses compatriotes et il y réussissait avec éclat, aidé en cela par une grande agence de communication. La réception à l'Élysée se prolongea d'une fête à Versailles où les grandes eaux furent libérées pour l'occasion. J'avais oublié cette manie qu'ont les Français d'embrasser les gens qui ne sont pas leurs intimes. En revanche, l'habitude des passe-droits n'avait pas disparu et nombreux sont ceux qui vinrent me faire leur cour en espérant être pistonnés pour le programme Endless, me déroulant discrètement à l'oreille les raisons qu'ils avaient d'être retenus et de passer en premier. Pour le reste ils me parurent comme je les avais laissés en quittant la France, tous ces courtisans, puissamment démodés, d'un égoïsme aussi farouchement préservé que leurs plus beaux monuments, maniant le double langage et la fausse générosité avec un naturel déconcertant. Une écrivaine de cour, ricanante, très imbue d'elle-même, me fit remarquer que la postérité de son œuvre qu'elle pensait avoir assurée lui suffisait si le programme ne parvenait pas à la distinguer comme indispensable à la nouvelle société d'éternels.

Le repas dans la galerie des Glaces fut pour moi un grand moment de solitude qui ne dura pas loin de cent ans à regarder les autres convives manger. Le protocole n'avait pas oublié mon incapacité à ingurgiter quoi que ce soit mais malgré cela un grand dîner avait été donné pour montrer que la France, campée sur ses valeurs fondamentales de gastronomie, n'avait pas peur de l'avenir. C'était là une de ses grandes qualités mais il faut préciser que n'ayant jamais eu non plus conscience de l'avenir qui se préparait, quelle que soit l'époque, elle n'avait pas de raison de le craindre.

La première dame s'exprimait peu. Assise à ma gauche, son regard exprimait une tristesse incommensurable et un ennui en proportion. Alors que son mari se tournait de l'autre côté, notre conversation commença par un soupir profond de sa part avant qu'elle me lance d'une voix douce :

— Je crois que je me suiciderais si je devais devenir immortelle. J'ai bien assez de cette vie-là, voyez-vous, l'idée qu'elle puisse se prolonger indéfiniment me déprimerait. J'ai entendu que les hommes et les femmes suicidaires, quand ils sont définitivement résolus à passer à l'acte, vivent un moment de plénitude incomparable. Le saviez-vous ?

— Je n'ai connu personne qui en soit revenu pour m'en parler.

— J'imagine, mais on m'a dit qu'une fois leur décision prise, ils sont libérés à un point qui frise l'extase.

— Vous n'envisagez pas de vous suicider tout de même, murmurai-je pour ne pas être entendue du reste de la table.

— Oh non ! Pas pour le moment du moins. Aujourd'hui je ne vis que pour la sexualité et l'art.

— C'est déjà pas mal.

Désignant discrètement son mari elle poursuivit :

— C'est mieux que lui qui ne vit que pour son pouvoir alors qu'il n'en a pas vraiment. La fonction m'épuise. Être là à faire la potiche dans tous les dîners officiels...

Puis, levant soudainement la voix :

— Dites-moi, dans votre transformation, avez-vous gardé toutes les zones érogènes ?

— Les mêmes qu'avant. Muter dans une enveloppe fossile n'a rien modifié des paramètres du désir et du plaisir. Nous avons reconstitué la complexion psychologique qui y mène.

— Mais comment avez-vous fait ?

— Nous avons réuni toutes les données que j'ai émises depuis ma naissance et toutes les données me concernant et à partir de là nous avons reconstitué mon fonctionnement cérébral et émotionnel. Nous l'avons logé dans une unité centrale qui depuis la tête dirige l'organisme dupliqué en matière durable dans ses fonctions de perception et de locomotion. Nous avons enlevé ce qui ne sert plus à rien comme les poumons, le cœur, les intestins, ce qui laisse une petite cavité de rangement pour ceux qui le souhaiteraient.

— Vous croyez vraiment que sans cette évolution radicale, notre espèce n'avait plus d'avenir ?

— On ne sait pas exactement comment on va évoluer. Je suis convaincue au fond de moi-même que notre intelligence technologique est un cadeau de la providence et qu'il nous a permis de nous sauver alors que notre évolution physiologique et morale nous condamnait. Nos connaissances scientifiques ont des répercussions terriblement contradictoires, parfois elles nous sauvent la vie, parfois elles nous condamnent.

La première dame fit signe au maître d'hôtel affecté à la table présidentielle de lui remplir son verre, signe intercepté par le président qui lui lança un regard sombre auquel elle répondit avec un haussement d'épaules.

— Je réfléchis tout haut. Je ne vois aucune raison que vous me sélectionniez. Je n'ai pas une très grande utilité.

Je l'interrompis.

— L'utilité économique ne sera absolument pas un critère.

Elle poursuivit :

— Je n'ai pas plus de qualités morales et pour me consoler de tout ça, je picole du matin au soir. Si j'ai bien compris, on ne pourra plus boire dans votre monde, alors je vais encore plus m'ennuyer. Ce n'est vraiment pas pour moi.

Puis elle me poussa du coude, geste qu'elle accompagna d'une œillade.

— Si vous avez besoin d'un charmeur intelligent sans conviction ni réelle empathie, vous devez sélectionner mon mari. C'est un maître dans l'art de persévérer en lui-même.

Sur ces mots, la première dame se leva, mais elle ne fit

pas deux pas avant de tomber dans les bras d'un serveur en livrée blanche qui la conduisit discrètement dans une salle attenante. La dernière image que j'eus d'elle fut celle d'une femme chancelante dans un décor somptueux où de grandes glaces incrustées dans des cadres dorés à la feuille renvoyaient son image à l'infini. Chacun des convives fit semblant de n'avoir rien remarqué, ce n'était certainement pas la première fois que la première dame était évacuée d'un dîner officiel. Le président l'excusa d'un mot auprès de moi. Il prit un air pensif dont s'échappa très vite une réflexion définitive comme les gens formés à son école se sentent obligés d'en avoir surtout quand on ne leur demande rien.

— Tout cela était prévisible, n'est-ce pas ? C'est l'aboutissement de la révolution numérique. Quand je pense à tous ceux qui s'y sont opposés à ses débuts, craignant pour leur intimité, leurs libertés individuelles. Cela nous a considérablement retardés. Je me demande si personnellement j'ai envie d'éternité. J'ai été élevé dans l'idée de parvenir au plus haut de la société pour la marquer de mon empreinte. Rester dans l'Histoire avec un grand H et ne pas en sortir d'un coup de hache, pour citer Perec (ou à peu près, vous savez il disait l'histoire avec une grande H), m'intéresse, mais perdurer infiniment comme individu... je ne sais pas.

— Qu'avez-vous fait pour vous inscrire dans la grande Histoire ?

— Moins que vous, c'est certain et je suis un peu jaloux, je ne vous le cache pas. Je suis à l'origine de plusieurs parcs nationaux qui ont regagné de l'espace sur l'urbanisation et j'en suis assez fier. J'ai négocié une hausse sensible du revenu universel garanti pour la fourniture de données avec les géants du net et avec leur aide, j'ai négocié une paix durable avec les zones franches islamistes radicales qui ne se sont pas étendues sous mon mandat. Je pense que la perspective de la vie éternelle va leur porter un coup fatal, leur support idéologique va s'effondrer.

Il soupira profondément à un moment où je ne m'y attendais pas.

— Vous savez, pour entrer dans l'Histoire, il faut des circonstances exceptionnelles qui vous portent ou que vous décidiez par vous-mêmes de vous y inscrire par des actions remarquables. Voyez Trump, il y a un demi-siècle de cela. Il ne se voyait pas entrer dans l'histoire de l'humanité comme l'homme qui allait sauver la planète. Sa veulerie profonde ne correspondait pas à ce type de bienfait. Mais il voulait tout de même marquer l'Histoire parce que les circonstances s'y prêtaient, alors il a forcé le trait, rallumé les centrales thermiques au charbon, encouragé les engrais, les pesticides, la déforestation, la consommation à outrance, et il avait raison de son point de vue, dans une perspective purement humaine, il reste dans l'Histoire comme le président du passage à l'acte, celui qui s'est affranchi de toute culpabilité, de toute bienséance, de toute bienveillance, tournant résolument le dos au Livre sur lequel il a juré, en faisant par ses frasques sexuelles un énorme pied de nez au puritanisme, en montrant que si vous donnez aux gens du fric et de l'essence à volonté pas cher ils ne vous demanderont rien d'autre. Il a tout simplement pris les gens pour ce qu'ils étaient, en cela c'est un vrai démocrate, il a suivi le peuple dans ses instincts, que lui reprocher ? Un élu doit-il aller contre son peuple si la perception qu'il a de l'intérêt à long terme de celui-ci l'exige ? C'est la question centrale de la démocratie. Un peu plus tard, les conflits au sud de la planète et le réchauffement insupportable ont créé une pression migratoire du Sud vers le Nord comme nous n'en avons jamais connu dans l'histoire des civilisations. L'Amérique s'est formée par l'immigration mais elle l'a fait progressivement. En Europe c'est arrivé massivement. Que recherchaient-ils ? Un niveau de vie décent et une stabilité. Qu'avons-nous proposé ici en France ? Des miettes de richesse, certes plus conséquentes que ce qu'ils avaient jusque-là, et quelques valeurs, dont essentiellement la laïcité.

Il s'essuya la bouche avec une épaisse serviette de table brodée et immaculée.

— C'est une sacrée révolution que vous proposez. Que l'argent et le pouvoir ne soient plus moteur, que la qualité prône sur la quantité, qu'on renonce à la compétition forcenée entre les gens, cette société primitive chrétienne sans classes, je vous souhaite bien du courage pour l'instaurer. Loin de moi l'idée de vous décourager, mais je crois que vous vous faites une idée de l'être humain qui est bien au-delà de ses capacités. À moins que vous ne transformiez la société en une communauté de moines tibétains, je crains que cette étape ne soit de courte durée. Nous, les politiques, on fera ce que vous voudrez. C'est déjà un peu le cas depuis un moment mais là nous ne sommes pas de taille à résister. J'ai toujours pensé comme Bergson que l'intelligence est avant tout la capacité d'adaptation. Je vais m'adapter, inconditionnellement. Les politiques se sont longtemps contentés d'être les marionnettes ventriloques de la mondialisation économique, s'accordant toutes tendances confondues à bloquer toute alternative, puis ils se sont soumis aux maîtres de la révolution numérique. Désormais il est clair qu'il y a déjà une sorte de gouvernement mondial qui fait croire à chaque individu qu'il reprend le pouvoir dans son périmètre, mais nous savons bien, vous et moi, qu'il n'en est rien, l'illusion est toujours plus confortable que la réalité. Vous avez mené au bout le phénomène de la mondialisation, vous voilà prophète d'une espèce entière et vous devez réussir car nous le savons tous les deux l'humanité vit sa dernière chance.

Puis le président dispensa son sourire autour de lui, comme s'il cherchait à mesurer son pouvoir sur les convives avant de baisser la voix :

— Mais dites-moi, ce n'est pas très démocratique ce qui se passe...

Je souris à mon tour.

— Qu'est-ce que vous entendez par démocratie ? Se faire élire à intervalle régulier par des électeurs manipulés par les acteurs du numérique qui choisissent le candidat le plus à même de servir leurs intérêts ? Gouverner ensuite au service de ces mêmes acteurs et de bien d'autres lobbies qui se considèrent chez eux dans les allées du pouvoir ? De quelle démocratie me parlez-vous monsieur le président ?

Je le vis s'assombrir subitement.

— Vous aurez toujours besoin de nous n'est-ce pas ?

— Vous ne serviez déjà plus à rien dans l'ancien monde, quelle pourrait être votre utilité dans le nouveau ? Je ne vais pas vous chasser. Votre départ, la suppression de votre intermédiation se fera naturellement, par la volonté d'hommes et de femmes transformés par de nouvelles perspectives et qui reprendront le pouvoir à de plus petites échelles, qui sortiront de cette compétition épuisante dans laquelle ils sont plongés depuis un demi-siècle et qui pourront vraiment admirer le ciel en se pensant la seule intelligence connue de l'Univers, celle qui a dépassé sa part d'animalité et les délires de sa conscience.

Le président s'essuya la bouche en esquissant un sourire amer mais comme il tenait absolument à avoir le dernier mot il dit :

— En tout cas, ce n'est pas vous que la pauvreté guette. Les gens donnaient déjà beaucoup de données personnelles d'eux-mêmes, vous aurez tout désormais et en les revendant vous allez encore faire un substantiel bénéfice, décidément la richesse numérique est une richesse sans fin.

— Si vous pensez que ma motivation est là c'est décidément que vous n'avez rien compris. Quand cesserez-vous, vous et ceux qui vous ressemblent, de tout ramener à des considérations financières, matérielles, comme si toute action ne pouvait être évaluée qu'à cette aune ?

Il me prit les mains et se leva en m'embrassant, signe qu'on levait le camp pour rentrer à Paris.

Joseph Randall fut certainement le plus coriace de mes interlocuteurs. Il avait été convenu de se retrouver dans ses bureaux à Washington, d'où il dirigeait l'ensemble des services de renseignement américains. Au contraire des visites que j'avais rendues jusque-là auprès des grands de ce monde, il me reçut comme l'aurait fait un directeur d'école avec un représentant de commerce venu lui vendre du détergent pour les latrines de ses élèves. Il me fit attendre près d'une demi-heure dans un salon sinistre, aussi large que haut. Son hostilité m'apparut ainsi un bon moment avant de le rencontrer. Une fois dans son bureau, il fut direct comme peut l'être un général à mâchoire carrée et au regard fourbe doté d'une voix nasillarde et fluette. Il me fit asseoir en face de son bureau et se leva avec la ferme intention de rester debout et de me tourner le dos pendant une grande partie de l'entretien.

— Est-ce que vous réalisez les dommages que vous me causez ?

Je fis comme si je n'en avais pas la moindre idée.

— Imaginez ce qui va se passer quand on saura que les agents du renseignement, des hommes et des femmes dévoués à leur pays, à l'équilibre et à la paix du monde, ne peuvent en aucun cas prétendre au programme Endless. Évidemment, vous savez pourquoi ? Parce que tout simplement des agents des services secrets qui se respectent n'émettent pas de données, on ne sait rien sur ce qu'ils sont et sur ce qu'ils font. On ne peut en aucun cas les reconstituer, disposer d'assez d'éléments les concernant pour faire tourner un algorithme. Mon problème est double. Aucun de mes agents ne peut prétendre à l'éternité. Sachant cela, plus personne ne voudra travailler pour le renseignement. Vous nous mettez dans l'embarras. Il est vrai que vous êtes forte, avoir été capable de fomenter ce que vous avez manigancé pendant autant d'années sans que ni la NSA, ni la CIA ne suspectent quoi que ce soit, chapeau ! La présidente ne vous l'a certainement pas dit, mais je sais qu'elle le pense, vous avez mis un beau bazar sur cette planète. Vous pensez naïvement que vous allez prendre le pouvoir, un pouvoir absolu ? Vous êtes bien partie pour, drôle de coup d'État. C'est quoi votre projet ?

— C'est simple. Nous sommes au crépuscule de la civilisation humaine, à quelques années d'une extinction massive. Mais nous pouvons nous en sortir, à condition de changer. La question n'est plus d'accumuler sans fin, elle est de profiter des capacités hallucinantes de notre cerveau à restaurer la connaissance de soi et la spiritualité. Je sais que vous me regardez comme une dictatrice qui aurait sournoisement imposé son ordre. Ce pouvoir, je l'ai, indéniable, et personne ne pourra me l'enlever. Vous et les énergumènes qui vous obéissent, vous pourrez me tuer, mais je renaîtrai aussitôt car mes données serviront immédiatement à reconstruire mon double en moins de quarante-huit heures. Et il en sera de même pour tous les individus admis au programme. Les guerres, vous en conviendrez, n'auront plus grand intérêt, puisqu'on ne pourra tuer personne, et quant aux fichiers de cette humanité ressuscitée, ils seront si bien cachés, si bien protégés que pas un de vos hommes ne sera capable de les localiser dans l'univers cybernétique. Et puis, je dis cela, malheureusement vous ne pourrez pas en profiter, mais avoir l'éternité devant soi, ça change le caractère. Jusqu'ici, on s'est contenté de nier la mort, elle avait presque fini par disparaître, on enterrait les gens vite fait, deux jours après ils étaient oubliés, quand on ne se réjouissait pas de constater qu'il y avait une place à prendre. Un mort n'était rien d'autre qu'une opportunité, un héritage à partager.

Randall tourna le cou comme s'il cherchait à se remettre en place une vertèbre ou à se débarrasser d'une contracture causée par notre discussion.

— Le monde dont vous parlez est une fiction.

— Objection, général, c'est le monde dans lequel nous vivons qui a été bâti comme une fiction.

Randall m'entendait, mais ne me comprenait pas. La suspicion avait fait place à l'affliction. Comment une femme avait-elle pu s'imposer surgissant de nulle part, affublée d'idées tout droit sorties de la littérature pour enfants ? Randall, en militaire zélé, défendait l'Amérique et le marché, la seule idéologie qui vaille sous la protection d'un Dieu unique promené en laisse, et montré dans tous les concours de beauté. Son cerveau n'était pas programmé pour mener la critique de ce qui l'avait porté jusqu'ici. La révolution numérique était déjà largement engagée lorsqu'il avait pris les commandes du renseignement américain. Jusque-là l'industrie numérique avait bien coopéré dans le considérable élargissement de la surveillance des individus et la prédiction de leurs mauvaises intentions. Il me donnait l'impression d'avoir espéré une sorte de fusion du monde numérique et du monde parallèle sans imaginer que le premier l'emporterait sur l'autre. Le renseignement ne pouvait plus rien faire sans nous. Mais de là à imaginer que l'immortalité selon la conception que j'en avais allait menacer son monde, cette réalité, Randall ne l'avait pas anticipée.

Pour toutes ces raisons, il m'en voulait avec la ferveur d'un vieux joueur d'échecs mis en déroute par une jeune fille de quinze ans. Mais le pire, c'est que je n'avais rien à lui proposer pour apaiser sa colère, en espérant qu'elle se transformerait en résignation avant qu'il ne me complique vraiment la vie. Je ne voyais pas comment il pourrait parvenir à me détruire, mais j'avais la certitude qu'il allait le tenter.

D'autres esprits malveillants, caciques de la domination, n'ont pas non plus compris comment j'avais pu apparaître subitement, comment je pouvais révolutionner les règles du pouvoir, prendre dans la douceur un ascendant sur les masses auquel ils ne parviendraient jamais par l'autorité. J'ai rendu plus d'un dictateur fébrile. Ce qui caractérise ces esprits étroits, ces fronts bas, c'est qu'ils ne renoncent jamais, pas même devant l'évidence. Ils savaient que m'assassiner ne servait à rien mais ils ont quand même essayé à plusieurs reprises.

C'est au bout de la troisième tentative qu'Elfar a décidé de me quitter. Je ne pouvais pas le lui reprocher. S'il pensait n'avoir pas émis assez de données pour être éligible au programme, outre le fait qu'il n'en avait pas une grande envie non plus, il n'en voulait pas moins continuer à vivre jusqu'au terme normal de son existence sans le voir interrompu par une bande de cinglés qui en auraient fait un simple dommage collatéral.

Si chercher à me tuer était vain, je prenais très au sérieux le projet de certains de mettre la main sur les données stockées et surtout sur les algorithmes qui permettaient de reconstituer un humain à l'identique, du moins au niveau de son esprit et de son âme, et accessoirement bien sûr de comprendre comment fonctionnait un être minéral. Étant le seul spécimen d'« Endless », certains ont été tentés de me kidnapper pour démonter la mécanique de cette révolution mais j'ai réagi en mobilisant mes équipes sur la prévention des actes hostiles et très vite nous avons déjoué tout type de projet indélicat nous concernant. En quelques mois nous avons également été capables de construire un satellite contenant tous nos secrets de fabrication qu'aucune armée du monde ne pouvait intercepter. La coalition de dictateurs, de mafieux, de dirigeants des grands consortiums nocifs pour la vie en général et ses modes d'épanouissement en particulier ont bien essayé de se liguer contre nous, sans succès, nous avions toujours un coup d'avance. Non seulement ils ne sont pas parvenus à me renverser mais nombre de leurs opposants, se pensant à juste titre dans l'esprit des textes, se sont révoltés sans craindre la mort. Une désobéissance civile s'est levée en masse aussi bien au Brésil, sous une dictature depuis les années 2020, qu'en Chine, où le parti communiste continuait plus d'un siècle après son avènement à régner en maître sur une économie ultralibérale, contradiction vécue avec un grand naturel, alors qu'en Russie, le président Poutine, mort en fonction à plus de quatre-vingt-dix-sept ans, avait été remplacé par un pope orthodoxe entouré d'un conglomérat de mafieux. Certaines dispositions historiques pour la servilité, renforcées par le fantasme millénaire de la Grande Russie, n'empêchaient pas des jeunes de se soulever contre cette tyrannie. Si quelqu'un ne craint plus d'être supprimé, il y a fort à parier que son appréhension des rapports de force change considérablement. Aucune dictature n'a résisté. Tous les hommes et les femmes convaincus que leur action allait dans le sens du « livre » se sont émancipés, ont retrouvé ferveur et initiative, se sont élevés contre la dictature de la médiocrité et de la bassesse comme s'ils prenaient subitement conscience des possibilités d'élargissement positif de leur champ de conscience.

Un destin exceptionnel condamne à la plus cruelle des solitudes. Les algorithmes nous le prouvent, être seul face à la multitude peut causer de graves dommages psychologiques auxquels peu d'individus ont la force de résister. Par bonheur, je fais partie de cette minorité.

Le départ d'Elfar m'a beaucoup peinée car je l'aimais sincèrement et profondément mais je ne pouvais pas lui donner tort. Ma position d'être élu pour mener les autres humains vers un grand dessein lui devenait insupportable. Quand une personne concentre autant d'attention, il se crée une onde de chaleur intolérable autour d'elle pour ses proches. À part si l'on souhaite profiter personnellement de ce phénomène de notoriété par résonance, ce qui révèle une grande faiblesse d'esprit, il est difficile de se mouvoir dans le sillage d'un être élu dont les responsabilités embrassent largement le monde.

Mais j'ai la conviction qu'il m'avait quittée avant que les circonstances ne lui imposent de le faire. Quelques jours plus tard, nous avons appris que les algorithmes de sélection pour

Endless n'ont pas retenu notre fils. Endless n'était pas tenu de motiver ses décisions. L'algorithme décidait seul, plus rien ne pouvait l'influencer. Il brassait des milliards de données sur un individu qui concernaient les moindres détails de son existence ordonnés selon son objectif qui était de déterminer si un être humain montrait les qualités requises pour s'éterniser ou si, au contraire, le délai qui lui avait été imparti lors de son existence comportait plus d'inconvénients que d'avantages. Endless était tout sauf manichéen. Non seulement il révélait la dérive d'un homme, mais il tentait aussi de l'expliquer et de savoir d'où provenaient ses causes profondes. Il était évident qu'un individu traumatisé dans son enfance par ses parents ne pouvait être tenu responsable de sa dérive vers la perversité, un système de défense psychologique qui substitue la toute-puissance à l'humiliation. Le mal chez l'être humain peut toujours s'expliquer par sa complexion formée au fil de son enfance. Le caractère, les qualités morales s'élaborent rarement indépendamment du contexte affectif des premières années, c'est d'ailleurs le propre de l'homme, cette fragilité de l'individu durant son apprentissage, quand il est aux mains des adultes, parents et autres, quand il est confronté au désenchantement provoqué par la révélation de leur faiblesse et de leur immaturité.

Après le départ d'Elfar, un de mes apôtres est venu me dire que notre fils n'avait pas été retenu par le programme qui faisait apparaître une personnalité profondément infantile, désocialisée. La tristesse m'a recouverte ensuite, comme un voile de crêpe sombre tombé du ciel.

Je suis restée prostrée, seule dans ma grande maison prête à basculer dans l'océan. Le temps s'étirait considérablement depuis ma transformation. Sans manger ni dormir, mon temps disponible avait soudainement beaucoup augmenté. La sensation de fatigue relative aux journées chargées avait disparu de même que certaines digestions lourdes. Je m'étais promis de consacrer l'augmentation de mon temps disponible à de nouvelles activités créatrices ou contemplatives. Lire, peindre, sculpter, méditer. Mes nouvelles responsabilités ne devaient pas me conduire à négliger mon développement personnel.

Google, en créant un monde totalement virtuel dans lequel les individus pouvaient se mouvoir sans se déplacer physiquement, avait d'une certaine façon sauvé une grande partie de notre écosystème. C'était d'autant plus remarquable que chacun pouvait dès lors évoluer dans un monde sans gêne, ni contradicteur, loin de l'autre, cet ennemi potentiel. Je n'avais pas cédé à la tentation de la vie virtuelle, cette existence parallèle sans angoisse, sans drame, dans une solitude absolument bénéfique où se mêlait le réel accessible partout sur la planète.

Cette évolution s'était accrue au point qu'il était acquis désormais que pour chaque individu il existait deux mondes, le réel, sale, plus ou moins décevant, et le monde virtuel, qui n'était que beauté, voyage, fiction interactive.

Mon père m'en avait tenue éloignée lors de mes jeunes années, pensant, comme pouvait le faire l'ancienne génération, qu'il appartenait à chacun de trouver les ressources pour échapper au réel, de se servir de ses propres moyens intellectuels et sensibles pour s'évader de la réalité. C'est dans ce sens qu'il m'a appris à lire, à regarder un tableau, mais plus encore à y pénétrer, s'y enfoncer comme un enfant qui découvre un chemin de forêt, s'y engage de moins en moins prudemment, aspiré par sa curiosité aiguisée par la pénétration des rais de lumière contrariés par les arbres. L'inspiration crée une aspiration, disait le vieil homme.

Le tableau qui recouvrait une grande partie du mur du salon, face à la mer, je ne l'aurais peut-être pas spontanément acquis, s'il n'avait été avant moi un des tableaux favoris de mon père. Mon père avait brièvement rencontré le peintre dans les années 2010. Il se souvenait que l'artiste ne l'avait reçu qu'après avoir demandé à lire un de ses livres traduits en langue allemande. Ce n'est qu'après cette lecture, sans doute assez satisfaisante pour lui, qu'il l'avait invité dans son hôtel particulier du Marais pour un dîner mémorable pour mon père, chez qui l'admiration n'était pas une disposition facile. Kiefer avait répondu à cet enthousiasme avec beaucoup de modestie, prétendant qu'il n'avait rien inventé en peinture, qu'il s'était au fond contenté de suivre les pas de Turner, le peintre anglais réputé pour ses lumières spectaculaires. Le génie s'était présenté à mon père comme un modeste suiveur, comme l'exécuteur testamentaire de son modèle dont il s'était contenté de faire perdurer une appréhension grandiose de la lumière qui créait chez le peintre allemand un formidable porte-à-faux.

La toile était assez monumentale comme le sont souvent les œuvres de Kiefer. Cinq mètres sur deux mètres quatre-vingts. Aucun cadre, posée à même un mur blanc suffisamment grand pour qu'elle ne souffre pas d'un manque d'espace.

Soixante ans exactement après le court entretien entre le peintre et mon père, se tenait devant moi une œuvre qui les réunissait dans mon souvenir car sans l'admiration de mon père pour le peintre, je ne serais peut-être jamais venue à sa peinture et cette toile ne serait jamais venue à moi. Le simple fait de regarder le tableau me faisait quitter les lieux pour remonter dans l'histoire, à cette époque où il s'en est fallu de peu que mon ascendance ne s'éteigne, que la transmission, le passage soit brusquement interrompu par l'extermination. Je ne devais d'être là qu'à la flamme d'une bougie chancelante qui n'avait pas daigné s'éteindre par une journée de vents tourbillonnants, précurseurs de l'apocalypse qui avait dévasté l'Europe. *La princesse de Sibérie* est achevé en 1988. Plomb sur acrylique, émulsion et cendres sur toile, dit le commentaire qui accompagne sa reproduction dans un livre de cette époque-là où je l'ai découverte pour la première fois comme une évidence intrigante. Six rails de chemin de fer convergent vers un hameau dont on ne distingue que quelques bâtiments. On imagine déjà que plusieurs centaines de milliers d'hommes, de femmes et d'enfants les ont vus sans les remarquer précisément, pas seulement parce que leur architecture n'est pas remarquable, mais parce que leurs préoccupations sont autres, ils cherchent un signe, un indice du lieu où les conduit ce train dans lequel on les a entassés. Car la valeur marchande du convoi est encore floue. Le ciel, neutre, légèrement tourmenté, offrant de sublimes dégagements mais piqué par endroits de colonnes, de plaques de rouille, tombe sur le tableau d'une façon parfois brutale comme si le peintre refusait qu'il fusionne avec la terre, dans une intrigante distance maintenue par sa forme et ses couleurs qui entourent le sol comme le ferait le rideau de la scène d'un théâtre. Une végétation désordonnée parcourt les rails, seul signe de matière organique vivante. Particulièrement remarquable est l'impression de canicule tout autant que de froid laissée par l'ensemble. La destination finale est derrière le tableau dans un lointain qu'il occulte. Il est l'expression parfaite de la réduction à une image apparemment fixe d'une tragédie qui n'est pas montrée. Pas de camps, pas de chiens, pas de nazis aux yeux exorbités, pas de pauvre hère déambulant terrorisé devant un jury de sélection, plein d'un espoir dont la vanité basculera d'un claquement de doigts. Pas de fumée non plus, cette fumée noire et grasse qui peine à s'élever. Aucun cri, aucun gémissement, pas même le bruit du choc des roues du train contre la jointure des rails. Et pourtant tout y est. Plus loin, là, derrière, on les range, on les classe, on les déshabille, on les douche, on les brûle avant de les recycler en savon, en engrais. Ils n'en finissent plus de mourir pour le bénéfice de l'industrie chimique allemande, IG Farben et sa filiale Bayer sans oublier Hoechst et d'autres sociétés chimiques dont les noms ont survécu aux atrocités qu'elles ont commises. Après la guerre, seul IG Farben dont le nom est associé au trop voyant Zyklon B disparaît officiellement. Ses cadres, condamnés à Nuremberg, vont en prison pour des peines apparemment lourdes mais bénéficient très vite d'une libération anticipée eu égard à leur utilité dans la reconstruction de l'économie allemande. Bayer deviendra ensuite un des fleurons de cette industrie au point de racheter dans les années 2010 un autre géant, américain cette fois, Monsanto. On se souvient qu'en certaines années Bayer ne faisait pas plus cas de la vie humaine quand le complexe chimique achetait des femmes aux camps de concentration pour les utiliser comme cobayes, expériences spécifiques dont elles ne revenaient jamais. Monsanto, lui, fut l'inventeur d'un concept original en se rendant propriétaire des semences agricoles de milliers d'agriculteurs qui perdaient ainsi la propriété du sol qu'ils cultivaient. Sans oublier les herbes réputées mauvaises éradiquées par le Roundup qui a réussi ce que le Zyklon B n'était pas parvenu à faire en son temps, éliminer son utilisateur en même temps que sa cible.

La famille polonaise de mon arrière-grand-mère maternelle s'est évaporée de l'autre côté de ce tableau. Il n'en reste rien. Ils ont été effacés, transformés. Elle seule a survécu. Il s'en est fallu d'un fil, suspendu.

Nous n'en sommes pas encore là. Pourtant je suis persuadée que nous parviendrons un jour à récupérer les données d'hommes, de femmes, d'enfants disparus. Je les sens flotter dans l'espace, une trace invisible, constituée de matières inconnues, impalpables. Mais aucune vie ne peut s'en être allée ainsi sans laisser une empreinte, aussi discrète soit-elle. Elle flotte quelque part dans l'attente de reprendre forme, fantômes bienveillants épuisés d'errer. Nous serons alors capables de leur redonner vie, cette vie que des hommes nourris aux boucs émissaires et à la haine ordinaire se sont acharnés à effacer.

J'ai écrit moi-même le livre, entourée de mes principaux collaborateurs, une douzaine de personnes qui m'ont accompagnée depuis l'origine du projet Endless. Le temps n'est plus aux longues digressions, au langage fleuri des métaphores alambiquées, ni à la fable infantile. Les gens de notre époque ont arrêté progressivement de lire depuis le début du siècle. La lecture a été évincée par les technologies vocales et l'impatience de communiquer au plus vite. Le langage s'est compressé. Qu'importe, j'ai écrit le livre à l'ancienne en reprenant tout ce que les Saintes Écritures avaient préconisé et tout ce qui n'a pas été respecté dans les règles de vie communes pourtant simples qui en résultaient. J'ai rappelé les principes de la morale évidente, j'ai supprimé le péché de la chair pour autant qu'il respecte absolument les enfants. Le « tu ne tueras point » ne présentait pas d'intérêt particulier pour cette espèce nouvelle pour qui la mort n'était jamais que l'équivalent de quelques jours de coma, de mise hors service, le temps de redémarrer la machine à partir des données personnelles. Les critères déterminants pour adhérer au programme n'étaient pas plus contraignants que celui des Ancien et Nouveau Testaments, au contraire, mais reconnaître ses fautes ne valait pas pardon. La confession n'autorisait aucune indulgence. Nous savions tout de chacun, il était impossible de nous dissimuler quoi que ce soit, ce qui avait été fait ne pouvait être effacé.

Une fois le livre achevé, nous avons attendu religieusement que, ces critères assimilés par un algorithme, ce dernier puisse nous livrer le chiffre du nombre d'humains habilités à adhérer au programme d'éternité. Il fut plus considérable que ce que nous avions estimé. Plus de la moitié des individus méritait d'y être associés. À l'horizon de deux ou trois générations, ce chiffre serait inévitablement augmenté du nombre des enfants de parents disqualifiés qui allaient résolument décider de vivre selon le livre, ce qui leur ouvrirait à leur tour la perspective de rejoindre les immortels. En tenant compte du taux important d'infertilité nous avons calculé que l'humanité allait se stabiliser à 65 % de sa population actuelle.

La sortie du livre fut un événement considérable. Des grands textes fondateurs, jamais aucun d'eux n'avait été livré aussi vite à autant de personnes. L'Ancien Testament comme le Nouveau, sans parler du Coran, avaient connu la résistance des religions existantes aux textes nouveaux et la violence qui accompagnait leurs réformes.

Les chiffres de vente de l'Ancien, du Nouveau Testament et du Coran atteints jusque-là furent dépassés en trois jours.

On se l'arracha de tous côtés du globe. Chacun voulait savoir où il en était par rapport au livre et par là même mesurer ses chances de survie au-delà du terme normal de son existence.

Immanquablement, comme je l'avais prévu depuis le début, le comportement des individus se mit à changer dans un vaste mouvement de fond, chacun espérant se conformer aux critères énoncés. La relation aux autres se teinta de bienveillance, le partage devint la règle. On vit dans les premiers jours qui suivirent la parution du livre des conseils d'administration d'entreprises puissantes décider de se priver d'une partie significative de leurs dividendes pour les reverser à leurs salariés, des programmes immobiliers qui visaient à submerger de béton des sites sublimes être abandonnés, un retour progressif au civisme et au respect. Le lien social ne tenait plus seulement par la menace de la répression mais par une préoccupation pour l'autre dont on avait jusqu'ici perdu le souvenir si tant est qu'elle eût jamais existé. Par un effet prévisible, l'estime de soi se restaura à mesure que l'arrogance, l'individualisme faisaient place à un peu plus d'humilité. Les hommes et les femmes semblaient découvrir que la liberté dont ils s'étaient revendiqués jusque-là, celle de piller la nature pour s'approprier toujours plus d'objets inanimés par un fétichisme dénué de sens, n'avait rien à voir avec la vraie liberté, celle que procurent la probité et le détachement. L'impatience qui déformait l'appréhension du temps, qui rythmait l'obsession autant que la consommation se mit à fléchir devant les nouvelles perspectives. Tous n'étaient pas certains de bénéficier du programme un jour mais beaucoup voulaient faire en sorte d'y croire en retrouvant le chemin d'un équilibre qui leur restituait une certaine dignité, les rendait moins étriqués, et renforçait leur personnalité diluée par des années de dévotion au veau d'or.

Remettre l'humanité dans une nouvelle perspective n'a pris que quelques mois, moins de temps qu'il n'en faut normalement à une mode, à une tendance pour s'installer. La concurrence, la compétition, le profit acharné, la frénésie matérialiste, la tricherie, l'orgueil, la prévarication, la corruption sont soudain passés de mode comme si un œil veillait sur les uns et les autres. Cet œil avait toujours veillé, la différence c'est que cette fois ils y croyaient. Chacun prenait soin d'éviter de commettre des fautes dans sa relation avec ses proches. Nombre d'entre eux avaient pris le livre au pied de la lettre comme des écoliers zélés. Ce n'était pas ce que nous demandions. Non, l'algorithme était bien plus sophistiqué que cela, il ne jugeait pas en termes de bons et mauvais points mais plutôt selon l'aptitude générale du candidat à contribuer éternellement dans un bon état d'esprit à la société humaine mondiale.

À la lecture du livre, les principaux tenants du pouvoir réalisèrent, comme les ecclésiastiques et les hommes du renseignement, que leur place n'était pas dans ce nouveau monde qui allait les regarder mourir comme le taoïste observe le corps de son ennemi descendre le cours de la rivière.

La puissance de Google rendait un coup d'État contre nous inopérant dans la mesure où nous étions capables de tout prévoir, de tout anticiper, de tout déjouer. Il aurait fallu nous arrêter avant que nous ne prenions le contrôle de Google mais c'était désormais trop tard. Un an après la parution du livre j'ai imposé le désarmement général des nations. Nous avions converti tellement de militaires aux nouveaux objectifs qu'il était devenu impossible de faire fonctionner une armée d'autant plus que celles-ci reposaient essentiellement sur des robots dont nous maîtrisions intimement la technologie. Partout dans le monde, les dictatures à l'agonie étaient remplacées par des démocraties de proximité organisées autour de périmètres limités. L'éclatement de la Russie, de la Chine, de la Turquie qui étaient parmi les plus anciennes tyrannies se réalisa aussi rapidement que celui des États-Unis qui se fragmentèrent à une échelle beaucoup plus petite, chaque État devenant indépendant. Ce qui avait éclos dans les années 1960 du XXe siècle avec la contre-culture réussissait un siècle plus tard exactement. 1968-2068. La générosité et le partage faisaient leur grand retour au grand dam des reptiliens qui n'avaient jusqu'ici usé de leur intelligence que pour accroître indéfiniment leurs possessions. L'industrie du luxe, de l'ostentatoire et du superflu en prirent un coup. Une phrase, une phrase dans le livre avait suffi : « La différence entre le luxe et le confort est immanquablement le vol. » Et ne pas voler restait un des commandements explicites. Tout ce qui participait de la déraison et du mépris, yachts, voitures luxueuses, avions privés, commença à disparaître. Entre l'inutile et la vie, la plupart avaient choisi l'existence sans fin.

Je vidais progressivement les États de leurs prérogatives. La première, énoncée par Max Weber, « l'État a le monopole de la violence légitime », perdait peu à peu de sa force. Partout on désarmait. Les régimes militaires se décomposaient. La question de la protection sociale était sur le point de se régler par elle-même. La maladie disparaîtrait bientôt, les retraites aussi. Le coût de maintenance aussi bien que le coût de réparation d'un « Endless » étaient faibles et ne nécessitaient pas d'assurance particulière. Le coût des infrastructures publiques était payé à l'usage. Pour le reste, les systèmes de compensation sociale allaient disparaître. La répartition équitable des ressources à la base ne nécessiterait plus d'ajustement a posteriori, cette forme de charité publique indécente d'un système qui redistribue peu pour s'exonérer d'avoir beaucoup confisqué. Le temps des hommes politiques incapables de penser le monde plus loin que le temps de leur réélection était fini. Finie aussi la morgue technocratique, le mépris des faibles d'esprit laissés sans éducation. Les masses, les individus avaient certes leurs défauts mais la pire des choses était d'en profiter en mêlant le calcul et le cynisme à la démagogie dans une mise en scène déplorable laissée à de soi-disant magiciens de la communication. J'allais tout simplement déconnecter tous ces gens-là.

Mais nous n'en étions pas encore là, la phase de production en série d'êtres humains en matières fossiles durables, éternelles, n'avait pas commencé.

Maintenant que nous connaissions le nombre de personnes éligibles, le rythme probable de décès prévisionnels, nous devions engager des capacités de production considérables. Nous y travaillions d'arrache-pied lorsque, à ma grande surprise, j'ai reçu un appel d'Elfar. Il n'a voulu rien me dire d'autre au téléphone qu'il souhaitait me voir le plus rapidement possible pour m'entretenir d'un sujet particulièrement grave. Il m'a demandé de le rejoindre chez lui, là où il résidait seul désormais, au bord du lac de Thingvellir.

La route qui y conduisait traversait une zone protégée depuis longtemps. Un large enclos avait été délimité pour limiter la construction, seuls quelques modestes cottages dont le plus moderne était celui d'Elfar, avaient été bâtis en première ligne. L'empreinte humaine sur ce site majestueux était contenue depuis de nombreuses années. La faune qui déployait généreusement son activité sur le bord en était la preuve. Les oiseaux y vivaient sans crainte comme si depuis bien longtemps ils n'avaient recensé aucun prédateur. Une mère eider conduisait sereinement ses canetons un peu plus au large, surveillée, du haut d'un petit arbre mort, par un huîtrier pie qui lissait son plumage de son long bec par des contorsions improbables. Une bande étroite de roche volcanique charbonneuse séparait l'eau de la rive. Les eaux froides et profondes du lac fronçaient à peine. C'était la première fois que je quittais le périmètre sécurisé d'Endless et je me sentais comme une collégienne de retour de son internat à la fin du premier trimestre de cours. Très peu de personnes m'avaient croisée de près et aucune ne m'avait reconnue.

Elfar avait racheté cette maison, qui faisait jusque-là office de résidence d'été, à un entrepreneur de la capitale qui s'en était probablement lassé. Il faut pour apprécier la torpeur imposante d'un lac de cette dimension être en paix avec soi-même et avoir besoin de penser plus que de se réfléchir dans les autres, ce qui est souvent le cas des habitants des villes. Le lieu convenait parfaitement à Elfar, à la nature que je lui connaissais. Il avait pris du poids et semblait ne pas s'en soucier. Je l'avais perdu une première fois, avec notre séparation, mais je ne voulais pas le perdre pour de bon ni le voir sombrer dans la mélancolie. La maison en bois, de taille modeste, peinte en bleu ciel, était construite autour d'une large baie vitrée ouvrant sur le lac. Elfar me montra beaucoup d'attention pour me faire oublier l'amour qui nous avait liés. La disparition de notre fils puis mes considérables responsabilités dans la survie de notre espèce avaient eu raison de ce sentiment fragile. L'intérieur de la maison était entièrement consacré aux travaux, aux recherches d'Elfar. Plusieurs ordinateurs étaient connectés entre eux alors que des livres, des études, des rapports scientifiques jalonnaient l'espace dans un ordre qu'il était seul à pouvoir appréhender. Je n'étais pas pressée d'en venir au fait de ma visite, j'avais envie de profiter de cet emplacement unique et dépeuplé comme il en existait désormais si peu sur la planète et ne penser à rien. Je m'installai sur la terrasse en bois, face au lac, dans une brume qui dissimulait un grand dôme pelé sur l'autre rive. Un fulmar boréal, après avoir tourné autour de moi, vint se poser sur le balustre, attentif et enjoué. Je voulais rester là à contempler cette inertie trompeuse et l'enthousiasme qu'elle créait pour sa faune.

Elfar me rejoignit deux cafés en main. Les semaines passées avaient emporté le souvenir de ma différence. Il s'en excusa d'un geste en mettant le café qui m'était destiné de côté. Puis il lissa maladroitement sa barbe. Sa main tremblait légèrement. Par un étrange pressentiment, je voulais retarder le moment où il devrait en venir au fait. Je posai ma main sur le dessus de celle qu'il avait de libre. Il me répondit d'un sourire voilé. Je voyais bien que ce qui le tracassait partait de très loin en lui. Il n'était pas non plus très pressé de me le dire sachant qu'après cela plus rien ne serait jamais pareil. Au fond de moi, j'appréhendais que cela concerne notre fils disparu. Mais il n'en fut rien.

Le système de prédiction sismologique et volcanique qu'il avait développé à un niveau unique dans le monde avec l'aide de technologies de pointe que je lui avais fournies lui indiquait la probabilité à plus de 85 % de deux éruptions volcaniques successives à quelques mois d'intervalle, l'une en Indonésie, l'autre en Islande. L'addition des deux signifiait ni plus ni moins l'apocalypse, la fin d'une grande partie de la vie sur la planète pour des millions d'années. Il s'agissait de la plus grande extinction de masse depuis celle survenue il y a soixante-cinq millions d'années : je n'écoutais plus Elfar, j'imaginais.

J'imaginais une fumée dense recouvrir progressivement la planète de nuages de soufre de plus de vingt-cinq kilomètres d'épaisseur, remontant bien au-delà de l'atmosphère corrompue jusqu'à devenir complètement irrespirable, créant une barrière compacte empêchant les rayons de soleil de parvenir jusqu'à la surface de notre hémisphère, le plongeant dans la nuit, le froid et l'asphyxie.

— Et le pire, dans tout cela, c'est que nous n'y serons pour rien.

Je dis cela en éclatant de rire. J'ajoutai :

— Les éléments seront là pour nous rappeler que comparés à eux, notre force destructrice n'est rien. Et le cycle reprendra tout doucement, n'est-ce pas ? Il faudra quelques millions d'années pour que l'atmosphère retrouve un semblant de pureté, que le soufre s'évapore dans la galaxie, que des espèces minuscules se découvrent un destin, celui de l'évolution, pour que l'une d'entre elles assure un jour sa domination sur les autres. Ce ne sera ni un dinosaure ni un humain mais une forme que nous sommes incapables d'imaginer aujourd'hui. Son évolution la conduira-t-elle jusqu'à la conscience ? Nous n'en savons rien. Ou peut-être jusqu'à un niveau de conscience bien supérieur au nôtre sans forcément ces aptitudes technologiques qui ne nous ont menés à rien d'autre qu'à devenir les esclaves de nous-mêmes.

— Pas complètement, objecta soudain Elfar.

Je ne comprenais pas ce qu'il objectait.

— La technologie ne nous a pas seulement conduits à devenir les esclaves de nous-mêmes. Elle pourrait nous libérer.

— Et comment ?

— Je ne vois qu'une façon de sauver l'humanité. Et toi seule peux le faire avec les quelques hommes et femmes qui t'entourent. La solution ? Que vous quittiez cette planète avec le fichier des données de l'humanité, que vous tentiez de la refaire vivre, de la reconstituer ailleurs. Ensuite, il sera toujours bien temps de la réimplanter ici, dans plusieurs centaines de milliers d'années, si d'ici là la nature reprend et si vous n'avez pas trouvé au cours de votre odyssée de lieu plus approprié. Une planète a été identifiée dans le système stellaire Alpha Centauri, elle fait 1,3 fois la surface de la Terre, elle est à environ 4,2 années-lumière et la température y varie de – 90° à + 30°.

Comme je ne disais rien, il poursuivit :

— Ou vous ne bougez pas, vous restez là et vous assistez impuissants à la mort de milliards de vos fidèles dont vous serez le seul espoir de résurrection pour peu que l'apocalypse ne vous détruise pas aussi, on n'en sait rien à ce stade. Ce qui change pour toi, c'est qu'au lieu de s'éteindre progressivement, ils vont tous mourir en quelques mois et que leur résurrection, au lieu d'avoir lieu sur la Terre, se réalisera dans le ciel ou sur une autre planète, un autre paradis que vous aurez choisi.

— Tu me proposes de reconstruire l'arche de Noé, c'est cela ?

Elfar n'eut pas le temps de me répondre qu'un véhicule noir vint stationner devant sa maison. Il en sortit d'abord deux hommes massifs engoncés dans des manteaux noirs. Puis apparut Randall, le patron du renseignement américain, l'homme capable d'identifier depuis un satellite la marque de la montre d'un suspect dans n'importe quel endroit du monde. Il semblait profondément affecté. Il ne s'embarrassa pas de préliminaires, en vint directement aux faits. Il reconnut qu'il faisait espionner Elfar depuis le jour où j'étais née à la notoriété, ses travaux scientifiques en particulier. Il avait certainement essayé de m'espionner aussi mais Endless était de loin plus fort que les services américains pour contrer toute forme de surveillance.

— C'est comme cela que nous avons appris la prochaine éruption de ces deux volcans. Nous avons fait vérifier aux États-Unis les hypothèses avancées par votre mari et elles se sont révélées justes, malheureusement. Très peu de personnes sont au courant, très peu doivent l'être. Voyez-vous madame, je n'avais pas imaginé être confronté à un ennemi plus fort que moi. J'ai imaginé bien des scénarios impliquant les Russes, les Chinois, toute forme de cyber-subversion, mais me retrouver face à la nature, et aussi désarmé, je ne l'avais jamais envisagé. Je n'ai considéré que les ennemis de surface. Je me suis préparé à l'éventualité d'une attaque venant d'une météorite, sans savoir précisément ce que je pourrais faire, mais l'idée que la Terre nous trahisse depuis son intérieur... Je savais que cette masse en fusion qui refroidit lentement présentait un risque objectif, mais qu'une éruption vienne nous balayer... La probabilité de deux éruptions successives ne nous laissant aucune chance, je ne l'ai jamais considérée, je dois le reconnaître. Maintenant on peut ergoter, espérer se tromper, non, je n'y crois pas, les conclusions de votre mari ajoutées à celles des plus grands experts américains ne laissent aucun doute sur l'issue de ces deux éruptions. Personne n'en réchappera, parce que pendant plusieurs années l'oxygène sera submergé par le soufre et bien d'autres gaz mortels pour notre espèce. Ce sera bien pire que l'odeur d'œuf pourri qui sort régulièrement des entrailles de la Terre. Peu d'organismes vivants en réchapperont, c'est une certitude, les humains n'y survivront pas, c'est plus qu'une certitude. Il reste dix-huit mois pour élaborer un vaisseau spatial qui puisse indéfiniment vous propulser dans l'espace, vous et le fichier de l'humanité, le fichier des élus. Un jour, peut-être, vous atteindrez une planète assez clémente pour que redémarre l'expérience humaine là où vous l'aurez quittée. Un jour, lointain, très lointain, vous pourrez peut-être envisager de revenir ici ou alors vous partirez à la conquête de nouvelles planètes que vous coloniserez. Les forces de l'esprit sont supérieures à celles de la matière, j'en suis intimement convaincu, vous en êtes la preuve et vous devrez le clamer dans l'Univers. J'ai parlé avec le patron de la NASA, le vaisseau qu'il va mettre à votre disposition ne sera pas très différent de ceux qui prospectent aujourd'hui l'Univers. Il ne faudra pas traîner, dans dix-huit mois ce sera l'apocalypse. Ceux qui sont au courant comme ceux qui l'ignoreront jusqu'à la dernière minute doivent pouvoir compter sur vous. Même Dieu compte sur vous pour nous sauver de ce qu'il ne pourra empêcher. Je ne sais si vous êtes Noé ou un nouveau prophète mais une chose est certaine, la survie de l'humanité est entre vos mains et très accessoirement des techniciens de la NASA qui sauront vous propulser durablement dans l'Univers.

— Qu'est-ce qui m'empêche de rester ici, de vivre l'apocalypse avec vous ?

— Les forces de la destruction qui vont se mettre en œuvre seront considérables. Chevaucher cette apocalypse ne vous servira à rien, je sais que vous n'avez pas besoin de respirer ni de vous nourrir, ni de boire mais vous ne verrez rien non plus pendant plusieurs centaines d'années, le globe sera recouvert d'un épais brouillard. Ce paradis sera transformé en enfer, je vous le dis et vous feriez bien de me croire. Le spectacle de cette humanité agonisante ne sera pas non plus pour vous. Je vous crois forte mais pas au point d'être capable de supporter l'horreur de milliards d'individus emportés par le fracas des roches volcaniques, la lave, les inondations provoquées par la fonte des glaces, les tsunamis, le feu, la fumée, l'asphyxie, la faim, la soif. Des centaines de riches se feront propulser au-dessus de la Terre dans l'espoir de survivre à cette catastrophe mais ce sera complètement vain. Ils gagneront quelques mois, avant d'être privés de nourriture et d'eau, d'être anéantis par les rayonnements. Vous êtes notre seul espoir. Acceptez de partir, ce n'est ni une demande, ni une requête, c'est une prière.

Je suis restée silencieuse longtemps. J'avais atteint la limite des mots, cette limite inconnue tant qu'on est habitué à parler de choses et d'autres. Mais cette fois, en dehors de l'apocalypse prévue et de l'arche de Noé qui devrait être construite en vitesse, nous étions devant une évidence, la fin de l'humanité biologique, cette conscience venue de la Terre. De l'animal capable de penser sa mort, et de réfléchir plus ou moins bien sur le sens de sa vie, il ne resterait bientôt qu'une grosse douzaine d'individus, douze apôtres de l'éternité et leur prétendue prophète, esprits contenus dans une matière fossile et reconstitués dans leur intégralité à partir des algorithmes les plus sophistiqués capables de restituer l'essence de l'âme. Un long voyage dans l'Univers nous attendait à la recherche d'une planète vierge où cette humanité reconstituée pourrait reprendre le cours de son histoire interrompue par un cataclysme naturel. Rien ne disait que nous serions capables de sauver l'humanité de l'extinction prévue, tant d'aléas pouvant survenir dans l'espace. L'éternité n'était acquise que tant que quelqu'un, quelque part, était capable de vous dupliquer en cas de destruction mais cette fois tout notre génie créatif était concentré dans un seul vaisseau et il suffirait d'une météorite de quelques centimètres lancée à une vitesse de plusieurs milliers de kilomètres-heure pour nous désintégrer dans le cosmos. Nous serions désormais la proie du hasard, de ce hasard que nous avions cru mater.

Je suis rentrée à la maison, sur la falaise, là où la mer reprenait ses droits après avoir quitté les eaux calmes du fjord au fond duquel, près du rivage, sur un aplat d'une trentaine de mètres reposait mon arrière-grand-père.

Sa mère l'avait poussé à s'engager sur une de ces goélettes armées à Paimpol, petit port breton des côtes du Nord. Je ne crois pas qu'elle se soit adressée à lui en français, langue qu'elle comprenait mais qu'elle ne parlait pas. L'adolescent connaissait les avantages qu'il y avait à embarquer sur ces esquifs improbables pour aller pêcher la morue en mer d'Islande. La paye, d'abord, deux fois celle d'un ouvrier agricole, et l'espoir d'une retraite un jour. Au siècle naissant, l'aîné d'une famille de trois enfants vivant des maigres émoluments d'une mère veuve qui servait du calva au café de la place, le Halte-là, à des marins terrifiés par leur avenir, ne pouvait pas fuir ses responsabilités. Pourtant, les campagnes de pêche en mer d'Islande avaient déjà emporté le père. Mais d'une drôle de manière. Naufragé par gros temps, il avait été repêché, seul d'un équipage de vingt, par un *cutter* irlandais qui croisait dans les mêmes eaux. Porté disparu, ses proches avaient fait leur deuil de sa vie prématurément écourtée. Elles étaient des centaines de femmes tout alentour à avoir perdu, qui un mari, qui un fils, dans ces eaux dont personne ne savait précisément où elles se trouvaient. Soigné en Islande, le père avait profité d'un convoyage des poissons pêchés vers la France pour regagner cette terre qui l'avait cru perdu. On avait fêté, célébré le revenant. Mais il toussait toujours, d'une mauvaise toux partie de quelques gouttes d'eau rentrées dans les poumons lors du naufrage. Le miraculé ne survécut pas longtemps. Une forte fièvre, trois semaines après son retour, l'emporta. Il fallut alors reprendre les habits de deuil et accepter que ce qui avait été écrit ne s'effaçait pas. Si mon arrière-arrière-grand-père put demeurer en dernier lieu chez lui, il en alla différemment de son fils, mon arrière-grand-père. Il survécut à huit campagnes de pêche de sept mois et au long trajet conduisant vers l'Islande en longeant l'Irlande par la gauche. Au cinquième trajet, il se maria précipitamment pour avoir engrossé neuf mois plus tôt la fille d'un petit propriétaire terrien qui lui donna un fils qu'il ne vit jamais. Au voyage suivant, il contracta la tuberculose sur le bateau, parmi les siens, et mourut de la typhoïde dans un petit hôpital de marins français. Il repose toujours au cimetière qui le jouxtait, sous ma maison.

Mon goût pour l'Islande hérité de cette histoire familiale n'aurait pas été assez solide pour m'amener ici s'il ne s'était pas ajouté à la nécessité que j'avais d'y installer mes entreprises. Comme Facebook l'avait fait au nord de la Norvège un quart de siècle plus tôt, j'avais choisi une région proche du cercle polaire pour refroidir mes ordinateurs dont les calculs d'une puissance exceptionnelle dégageaient une chaleur considérable. L'électricité qu'ils consommaient était celle d'une ville de 42 000 habitants et les conditions financières offertes par l'Islande furent de loin les meilleures. Puis j'avais été progressivement envoûtée par cette île, un des derniers lieux à peu près préservés de la planète.

De retour chez moi, un profond sentiment de solitude et de détresse m'a étreinte. Je suis sortie marcher le long de la falaise. Le vent s'était fait rebelle, se levant contre moi en courtes mais violentes rafales comme s'il cherchait à m'arracher à la terre pour me projeter dans le vide. La maison trônait sur un promontoire et de chaque côté de celui-ci, beaucoup plus bas que le cimetière, s'étalait de longues plages de sable noir qui témoignaient de la dernière explosion volcanique, laquelle avait effacé la grande plaine qui leur succédait en remontant loin dans les terres. Le promontoire avait été épargné et il restait là, enclave verte isolée où quelques moutons paissaient paisiblement dans un nuage de longue laine tourmentée par le vent froid. Seules vies résolument réjouissantes, des macareux au bec et aux pattes orange dans leur livrée noire m'observaient circonspects, sautillant sur place en surveillant leurs nids dans des poses attendrissantes comme la nature est capable d'en offrir à celui qui le veut bien. J'observais une famille de touristes qui s'était aventurée jusqu'au phare désaffecté. Ils étaient assis, chacun plongé dans son téléphone, insensibles aux autres et à ce qui se tramait autour d'eux.

Ils se levèrent pour prendre quelques photos d'oiseaux, aussitôt basculées sur un réseau social. Le présent ne comptait plus, victime de la compression du temps.

L'ultime grande extinction qu'on nous avait prédite à raison ne viendrait même pas de nous, étonnant pied de nez à notre orgueil incommensurable. Nous allions être chassés par des phénomènes géologiques improbables, initiant une destruction de l'espèce dominante, pour la remplacer bientôt par une autre, encore misérable à l'heure du cataclysme. Pour la première fois, une des espèces, la nôtre, allait vivre cette extinction en toute conscience.

Je partais, mais je partais pour revenir. Dans dix, cent, mille ans, peut-être plus, mais on n'abandonne pas la terre de son enfance. Et la Terre, ce paradis perdu, redeviendrait la terre promise, et ainsi de suite, indéfiniment.

Nous avons quitté la Terre par un beau matin bleu, le ciel légèrement voilé de traînées blanches effilochées. Voilà le dernier souvenir que j'en ai. Nous étions onze à bord, onze de mes apôtres. Le douzième, Mathias, s'est excusé à la manière de Proust, par quelque chose comme « pardonnez-moi de ne pas me rendre à votre invitation, mensonge suit ». Lorsqu'il m'a annoncé qu'il ne serait pas du voyage, il n'a pas osé me regarder. C'est à ce moment-là que j'ai compris. J'ai surtout compris que nous n'avions pas le choix.

La navette spatiale ressemblait à l'idée qu'on s'en fait, assez spacieuse pour héberger une dizaine de personnes pendant plusieurs années sans que l'envie ne leur prenne de s'étriper. La parité entre hommes et femmes n'échouait que d'une personne, un homme.

Nous faisions cap vers Alpha Centauri sans trop d'illusions de la rejoindre un jour, et nous savions tous qu'il fallait compter au moins quatre ou cinq ans avant de découvrir des planètes vraiment nouvelles. Tout ce qui était en deçà de ce périmètre avait déjà été exploré, révélant que si sur quelques planètes notoires la vie avait été possible à un moment de leur histoire, il n'en était plus question depuis longtemps. Toutes étaient pelées, battues par des vents obsédants qui soulevaient des nuages de poussière. La nature, celle que nous avions connue sur la Terre, riche, verdoyante, sublime, se révélait absente et chaque planète, hors quelques faisceaux de lumière splendide, n'exprimait que la consternation du vide sidéral. Elles oscillaient entre des températures extrêmes où même des êtres issus du programme Endless n'auraient pas pu survivre. Il m'apparut bien vite que la douceur que nous connaissions sur une bonne partie de notre globe était unique et que le reste de l'Univers n'était qu'aridité tourmentée, des boules sans vie et sans charme propulsées à toute vitesse par un big bang vieux de plus de treize milliards d'années. Les prophètes ne sont pas faits pour rester sur terre, leur place est au ciel pour y accueillir tous ceux qui auront fait le temps qui leur est imparti sur cette sphère solitaire. Que la technologie soit en permanence en avance sur l'homme lui-même et son aptitude à en faire un usage profondément réfléchi, il est là l'écueil d'une espèce devenue essentiellement technologique qui s'est perdue dans ses jouets.

Nous sommes partis avec la mémoire du monde, de l'humanité, compactée sur une puce ridiculement petite mais capable de libérer des milliards de milliards d'informations avec une énergie comparable au big bang originel et l'espoir profond d'organiser ces données pour ramener à la vie des milliards d'individus qui l'avaient mérité.

Pour être tout à fait claire à ce stade, nous connaissions en montant dans ce vaisseau quel sort nous était réservé. Randall, sans doute en accord avec la présidente des États-Unis et quelques personnalités influentes, avait préféré cette solution à l'emprisonnement qui nous menaçait. Notre escroquerie était de taille. Nous ne possédions pas le secret de la vie éternelle, il faut bien l'avouer, et Randall, après avoir réussi à infiltrer Mathias, le traître, en avait eu assez vite la preuve. Transformer la promesse de l'éternité en scandale planétaire n'aurait rien amené à personne. C'est certainement lui, malgré son front bas, qui a eu l'idée de proposer une solution qui convenait à tous. Et il a eu la finesse, insoupçonnable chez lui, de nous présenter sa solution sous la forme d'une fable, très inspirée de l'arche de Noé, pour soi-disant mettre le fichier de l'humanité en sécurité, loin des explosions volcaniques qui devaient conduire irrémédiablement à notre extinction. De telles éruptions, il y en aura certainement un jour, mais pas pour le moment. Qu'Elfar ait pu être le complice de cette machination j'ai mis du temps à comprendre pourquoi mais je crois qu'il avait préféré cette sortie élégante à notre déchéance sur Terre, à une accusation d'escroquerie qui m'aurait valu la croix, une croix, une autre croix. Il m'aurait fallu me défendre de cette accusation en soutenant que je n'avais pas organisé tout cela à des fins financières mais avec le seul objectif de remettre l'humanité dans la voie dont elle s'était écartée, celle de la vie, simplement, alors que tout convergeait pour prédire notre extinction imminente.

Ils nous ont propulsés dans le cosmos pour prolonger une illusion désormais ancrée dans les esprits car personne ne pouvait prendre le risque politique d'avouer à la terre entière que nous étions une forme d'escrocs sympathiques qui avaient essayé de faire évoluer l'humanité en lui distillant la fable de l'éternité alors que nous n'en étions pas encore capables. Et pourtant, ceux qui avaient déjoué cette manipulation nous laissaient le temps de parvenir peut-être à ce que nous avions promis pour ressusciter les morts sur une planète hospitalière. Randall, en ne révélant pas le scandale, m'avait dépossédée d'un pouvoir intolérable pour lui. Mais je peinais à comprendre comment il allait sortir l'humanité de cette nouvelle trajectoire dans laquelle je l'avais placée en la réorientant vers les textes fondamentaux. Randall connaissait trop bien sa propre espèce pour s'imaginer qu'elle allait longtemps coller à ces principes nouveaux. Inexorablement, elle s'en détacherait pour retourner à la macération de ses petits intérêts. La justification de mon départ auprès des foules reposait sur mon prétendu constat que la Terre ne pourrait pas permettre à des immortels et à de simples mortels de cohabiter sans créer d'insupportables tensions. Les êtres élus devaient ressusciter dans un monde nouveau, un paradis spécialement agencé pour eux et que nous étions partis découvrir. Et puis un jour peut-être auraient-ils la possibilité de revenir sur la Terre, sous forme d'un pèlerinage aux sources ou pour l'occuper de nouveau. D'ici là Google et tous les géants de l'internet seraient certainement parvenus à l'immortalité, à leurs conditions, et il est probable que nous serons tous les douze morts, quelque part dans l'Univers, à errer comme des âmes en peine. Et cette éternité voulue par les géants du numérique sera une humanité sans humanité, dépourvue d'anxiété et de sensibilité, apte à produire et à consommer dans une docilité proche de l'extase.

Après avoir quitté la Terre, je me souviens que nous avons traversé la décharge de l'espace, milliers de déchets qui se déplacent en orbite, tous issus de la production humaine, beaucoup de déchets nucléaires que nous avons trouvé plus pratique de loger aux frontières de notre monde que dans notre sous-sol. Mais très vite, la Terre nous est apparue ce qu'elle était, une toute petite chose ronde qui s'éloignait sans bruit, dont le fracas ne semble concerner en rien le reste de l'Univers, succession de planètes aussi silencieuses les unes que les autres.

J'imagine que j'ai toujours de nombreux adeptes qui me considèrent comme la dernière prophète. J'imagine aussi qu'ils s'efforcent de suivre le livre et que l'humanité ne s'en porte que mieux, à moins que les forces de la destruction n'aient repris le dessus sur celles de l'esprit et que notre espèce se prépare à sa disparition. Il faudra alors longtemps pour que l'évolution conduise à l'aboutissement d'un autre organisme doué de conscience capable de témoigner que nous avons existé. Sinon nous n'aurons vécu que pour nous-mêmes et pour nos petits arrangements.

Pour finir je vous dois des explications. Le couple d'ornithologues qui a témoigné que j'avais jeté mon double dans la cascade n'était en rien complice. Nous avons tout fait pour qu'il soit présent à cet endroit pour leurs recherches que je subventionnais sans qu'ils le sachent et ils m'ont bel et bien vue précipiter une femme, mon double, dans le tourbillon. Mais la femme n'était qu'une animation en trois dimensions projetée depuis un véhicule garé plus haut, un cyberpersonnage dont à aucun moment ils n'ont mis en doute la réalité.

J'imagine que vous vous demandez aussi pourquoi mon chien ne m'a pas reconnue. J'ai cru si fort, si profondément, que j'étais cette autre moi-même que je lui ai transmis ma conviction. Je ne sais pas si les travaux de chirurgie esthétique menés pour me rajeunir ont joué un rôle, mais une chose est certaine, il ne m'a pas reconnue.

ÉPILOGUE

Cassandre Namara a écrit ce manuscrit entre le début de l'été 2017 et la fin de l'été 2018. Entre ces deux dates elle a démissionné de son poste à Google New York suite au contrat Marvin liant Google au Pentagone, un projet d'intelligence artificielle permettant aux drones de différencier les êtres humains d'autres objets et leur octroyant la possibilité de prendre la décision de tuer sans intervention humaine.

Selon son entourage et en particulier l'intéressée, rien ne laissait penser qu'elle allait profiter de cette démission pour quitter brutalement son compagnon qui l'était depuis trois ans, Elfar Olafson. Elfar travaillait comme elle sur des projets d'intelligence artificielle mais à un niveau légèrement plus élevé et il avait refusé de rejoindre le mouvement de protestation qui avait fortement secoué Google à propos du contrat Marvin. Elfar considérait comme bien d'autres savants ou experts que l'intelligence artificielle allait être déterminante pour la puissance des nations et que les efforts massifs fournis dans cette voie par la Russie et la Chine, sans oublier la France, prouvaient que les clés de la domination mondiale résidaient dans cette matière qui selon certains grands spécialistes constituait une menace aussi considérable pour l'avenir de l'homme que l'effondrement de son environnement. Elfar a témoigné que la façon dont Cassandre l'avait quitté l'avait beaucoup surpris car rien dans leur relation ne laissait prévoir une disparition aussi subite, accompagnée d'aucun mot d'explication, d'aucune lettre, d'aucun mail. Il avait suspecté qu'elle avait refusé de répondre à ses appels répétés mais en réalité elle s'était débarrassée de ses moyens de communication, téléphone intelligent, ordinateur portable non moins intelligent qu'il avait retrouvé dans une poubelle du quartier. Ils avaient été apparemment pulvérisés à coups de hache à incendie, celle qui demeurait toujours à la même place dans le hall de l'immeuble cossu où ils s'étaient installés ensemble depuis plusieurs mois. Elfar était d'autant plus étonné de la disparition de Cassandre qu'ils avaient ensemble décidé d'acheter cet appartement plutôt que de le louer en pure perte. Après sa démission, Cassandre ne s'était pas éternisée à New York. Selon sa seule amie américaine, Clarissa Hewitt, une jolie métisse qu'elle avait rencontrée à Princeton lors de ses études et avec laquelle elle avait eu une relation amoureuse avant de faire subitement une croix sur sa bisexualité pour des raisons que personne n'a été capable d'éclaircir, Cassandre n'avait pas l'intention de rester une seconde de plus aux États-Unis, pays dirigé par un sinistre bouffon selon elle qui avait l'assentiment du pire de l'Amérique, une classe moyenne intolérante à laquelle s'ajoutait une partie croissante d'opportunistes qui louaient sa réussite économique. Elle a pris un vol Air France pour Paris où, en pleine rentrée littéraire, elle est partie à la rencontre d'éditeurs qui ont manifesté un intérêt inégal pour son manuscrit avant de le refuser poliment, ne sachant déjà dans quelle case le fixer, conte drolatique, roman ou fable d'anticipation. Le seul éditeur qui prit la précaution de la recevoir lui expliqua que l'anticipation concernait un lectorat bien particulier, de spécialistes, de passionnés de livres regroupés dans des collections dédiées qui trouveraient certainement son projet trop... il ne sut quoi dire... pour le publier. Il lui fit remarquer que les lecteurs en général avaient le goût de la proximité et de la ressemblance plus que des fresques d'anticipation. Le goût pour l'Histoire, pour le voyage dans le temps passé lui paraissait infiniment plus prononcé que celui pour le voyage dans le futur toujours soumis à la sanction de la vraisemblance. Selon cet éditeur on tirait des leçons du passé, dont on s'inspirait rarement s'empressa-t-il d'ajouter, alors que les leçons de l'avenir étaient plus rares, il était bon d'en convenir. De plus, pour en revenir à des considérations plus prosaïques, le parti pris du livre fermait la porte à d'éventuelles traductions importantes sur le plan économique, celles qui concernaient les pays anglo-saxons dont la critique sous-jacente était peut-être un peu excessive de son point de vue.

En attendant la réponse des derniers éditeurs consultés sans espoir particulier, Cassandre s'installe quelques jours seule dans une maison du Pays basque qui appartient à sa famille. Elle a décidé d'y lire, des grands classiques en particulier, en se focalisant dans un premier temps sur Balzac, Victor Hugo et Émile Zola. Le reste du temps, elle essaye de se promener dans les bois mais n'y parvient que difficilement. Le réchauffement climatique en favorisant des hivers sans grand froid conduit à la prolifération impressionnante d'insectes dont les œufs ont prospéré pendant la période hivernale, tandis que la canicule accélère le développement d'espèces comme le taon, vampire au vol silencieux, et les mouches plates, qui s'agglutinent sur des animaux désemparés. Sans doute se fait-elle la réflexion que le réchauffement allait relancer le marché des insecticides, une aubaine pour les lobbies qui écrivaient déjà directement une grande partie des lois, sujet d'une vive polémique dont elle saisit des bribes à travers un vieux poste de radio. La polémique fait suite à la démission du ministre de l'Environnement, découragé par la vigueur des forces de destruction. Ces forces défient constamment l'intérêt général, confortées par la sollicitude gratuite ou achetée des politiques incapables de penser le monde autrement qu'au travers d'un mythe alibi, celui de la croissance et de l'emploi qu'ils n'ont jamais réussi à relancer au moyen des anciens schémas auxquels ils s'accrochent avec le désespoir du vieux sénile persuadé que son petit magot le suivra dans la tombe.

De ce séjour dans cette maison isolée au milieu d'une forêt de châtaigniers condamnés à mourir, elle ne laisse que ces quelques mots, sur un cahier dont certaines pages arrachées servent à établir des listes de courses.

« La littérature est une merveilleuse errance dans le monde

des autres jusqu'à ce qu'on découvre dans ce dédale le monde qui est le sien. Sans cet apprentissage livresque de la vie, on se heurte contre les parois, aveugle jouant à colin-maillard, bras dressé en avant de peur de se blesser. C'est la raison pour laquelle les lectures tardives n'ont pas le même poids car alors beaucoup de choses sont jouées, plus ou moins définitivement. C'est la raison pour laquelle il faut plonger les enfants dans la littérature comme on les plongerait dans un bain pour leur apprendre le réflexe de nager. »

Avant de partir elle découpe un passage d'*Eugénie Grandet* qu'elle accompagne du message manuscrit suivant : « Si vous retrouvez assez de mes restes pour les enterrer un jour, abstenez-vous de les recouvrir d'une pierre tombale, ou si vous en avez les moyens faites graver les mots suivants sur une stèle : "Les avares ne croient pas à une vie à venir, le présent est tout pour eux. Cette réflexion jette une horrible clarté sur l'époque actuelle où plus qu'en aucun temps l'argent domine les lois, la politique et les mœurs. Institutions, livres, hommes et doctrines, tout conspire à miner la croyance d'une vie future sur laquelle l'édifice social est appuyé depuis mille huit cents ans. Maintenant, le cercueil est une transition peu redoutée. L'avenir qui nous attendait par-delà le requiem nous a été transposé dans le présent. Arriver au présent au paradis terrestre du luxe et des jouissances vaniteuses, pétrifier son cœur et se macérer le corps en vue de possessions passagères, comme on souffrait jadis le martyre de la vie en vue de biens éternels, est la pensée générale ! Pensée écrite partout jusque dans les lois, qui demandent au législateur 'Que paies-tu ?' au lieu de lui dire 'Que penses-tu ?' Quand cette doctrine aura passé de la bourgeoisie au peuple que deviendra le pays ?" »

Cassandre quitte la maison. Elle la quitte au moment où la nature se dévoile sous des lumières chaleureuses et le sourire de celle qui ne veut rien dire sur son incurable maladie. Les oiseaux, étrangement discrets, qu'on croyait confinés pour résister, s'enfoncent dans un mutisme angoissant, celui qui préfigure la disparition d'autres espèces encore et toujours. Ensuite, elle quitte la France pour l'Islande qu'elle a un peu connue grâce à Elfar, ultime pèlerinage qui lui permet de remonter dans son histoire familiale. À Husavik, la ville la plus importante du nord de l'île, elle s'embarque sur un vieux gréement pour le Groenland où elle disparaît sans laisser le moindre souvenir, la moindre trace, ni la moindre donnée. La décision de publier son manuscrit venant d'un éditeur qui n'avait pas répondu jusque-là est intervenue après sa disparition. Nous ne saurons probablement jamais si elle en aurait été heureuse. Nous aurions aimé en savoir plus sur cette jeune femme, mais apparemment, elle a laissé derrière elle très peu de données susceptibles de dire qui elle était vraiment.

Composition : PCA/CMB
Achevé d'imprimer
par Normandie Roto Impression s.a.s
61250 Lonrai, en avril 2019
Dépôt légal: avril 2019
Numéro d'imprimeur: 1900968

ISBN : 978-2-07-279703-3/Imprimé en France

336383